모아드림 | 21세기 | 기획시선 ㉑

장미, 여름 내내 각혈하다

이진호 시집

2001
모아드림

장미, 여름 내내 각혈하다

장미, 여름 내내 각혈하다

차 례

1부 · 봄

2부 · 여름

3부 · 가을

4부 · 겨울

1부 · 봄

양지꽃 뒤에는 술래가 되어

아주 조그맣게 숨어 계신 하느님

평화

허리를 낮추고 들여다보아야만
보이는 꽃이 있습니다.
그 꽃 속엔 작은 촛불이 꺼질 듯 꺼질 듯
켜져 평화를 지키고 있습니다.
내 숨결이 닿자
꽃은 사라지고 가슴엔 바람만 불어갑니다.
햇살이 따스히 비치고
종달새가 높이 떠 노래하자
다시 피어나는 꽃이 있습니다.
또 누군가 허리를 낮추고
가까이 다가오길 기다리며.

그 꽃 속엔 작은 별들이 꺼질 듯 꺼질 듯
켜져 평화를 지키고 있습니다.

씀바귀와 당나귀

바람 부는데 나물 캐러 갔지요.

눈두렁을 돌며 씀바귀를 캤는데 씀바귀 잎들이 자그만 당나귀 귀 같았어요. 자줏빛 귀를 밖에 내놓고 당나귀는 땅 속에 숨어 잠들어 있는 듯했어요. 내가 호미로 푸실푸실한 땅을 파고 귀를 잡아당기자 당나귀는 하품을 하며 끌려 나오네요. 겨우내 땅 속에서 잠만 자 당나귀의 몸은 뽀얬어요.토실 토실 살이 쪄 있었지요. 바구니에 넣으니 당나귀는 부끄러운지 길다란 귀로 자꾸 자기 몸을 가리려 했지요.

지구 레코드

얼음이 녹아 내린다.
어떤 힘들이 차갑고 딱딱한 고체를 녹여
흐르게 하는가?

한없이 여울지는 물의 노래에
냇가의 풀들은 눈 뜨고
풀들의 작은 몸 속에도 푸른 피가 따라 돈다.
양지꽃 뒤에는 술래가 되어 아주 조그맣게
숨어 계신 하느님. 몰래몰래 봄의 교향악을
지휘하고 계신 하느님.

지구는 정말 레코드 판일까?
지구 레코드?
빙글빙글 돌아가는 음악에 귀기울이고
있노라면 우리 몸에 박힌 가시도 칼도
녹아버릴까.

프러시안 블루의 밤

튤립 한 송이
꽃의 고개가 젖혀져 있다.
튤립 속에 담겨 있던 와인이
밤 하늘로 쏟아진다.

화병은 위태롭게 창가에 놓여있고
별들이 힘을 모아 꽃을 누르자
꽃은 혼자 힘으로 버티고 있다.
꽃의 마음이 밤 하늘로 날아가도
육신의 힘으로 버티고 있다.

견디지 못한 꽃병이 창턱에서
떨어질 때
내 꿈도 깨어져 붉게 물든다.
유리 조각 하나가 내 살 속 깊이
파고들며 우는
프러시안 블루의 밤.

숲 속에 자전거 한 대가

숲 속에 자전거 한 대가 세워져 있다.
뒷자리에는 대바구니 하나
챙이 넓은 모자가 핸들에 걸려있다 바람에
흔들린다.
소리없이 숲으로 미끄러져 들어온 자전거
바퀴에 묻어 있는 붉은 진흙이 싱그럽다.
조금만 숲 속으로 걸음을 옮기면
내 발소리에 노루귀 잎이 쫑긋대고
앵초 꽃들이 고개를 들 것 같아
내 발은 자전거 바퀴 자국에 고여 있는
물과 함께 멎어 있다.
고요한 숲 속 어디선가 사랑이 익어가고
봄 바람에 그 향기가 실려온다.
그녀 누워있는 머리맡에 아기붓꽃
두어 송이 피어나고 있는지 가슴이 뛴다.
숲을 빠져 나오며 바라보니
아직도 자전거는 거기 놓여 있다.
나비 몇 마리 팔랑대며 숲의 안쪽으로
날아간다.

산이 요즘 고개를 들어요

멀리 보이던 산이 요즘 고개를 들어요.
봄 기운이 드니 엎드려 있기 답답한가봐요.
등 위로 지나가는 바람결이 간지럽고 또 새들의
목청도 간드러져 잠자코 있을 수만은 없나봐요.
일어나 세상을 한 번 두리번거리고 싶을 거예요.
꽁꽁 얼어붙었던 땅이 풀려 이젠 무릎이 팔꿈치가
땅 속으로 푹푹 들어가 엎드려 있기도 고역이네요.
또 배 밑에선 새싹들이 돋아나오려 애쓰는데
모른 척하고 엎드려 있을 수도 없잖아요.
내가 바라보지 않을 때 산은 살며시 고개를
들었다 눈이 마주치면 다시 엎드립니다.
밤이 돼 아무 눈에 안 띄게 되면 돌아다닐 거예요.
그 산이 커다란 소처럼 일어나 있는 것을 알면
세상 사람들이 잡으러 올지도 모르는데
어떻게 하지요 ?

인디안 밥

햇살이 따뜻한 양지녘엔 개나리들이 모여
잔뜩 고개를 숙인 채
인디안 밥을 먹고 있어요.
어디선가 병아리들이 종종 걸어와 개나리가
흘린 인디안 밥을 쪼아 먹습니다.
개나리 가지에 노랗게 매달린 인디안 밥을
쳐다보며 삐약 삐약 웁니다.

아내가 몸져 누워 나도 오래 전부터 인디안 밥을
우유에 말아먹고 싶니다.

개나리들을 바라보다 양지녘에 잠들면
내 꿈 속으론 한 떼의 인디안들이 지나가요.
늑대와 함께 춤을 추던 인디안들이 화살을 쏘아
대며 질풍같이 사라지자
내 절망이 간신히 일어나 여윈 말을 타고
그 뒤를 따라갑니다.

근데 저는요

요즘 개나리들이 머릴 숙이고
노란 물감을 들이느라 야단이에요.
봄비에 맑게 씻겨진 머리가 바람결에
하늘대는 모습이 아름답군요.
누구 머리가 제일 예쁘게 물드나
경쟁을 하고 있지요.
치렁치렁한 머리 속에 얼굴을 묻고
천진하게 웃고들 있네요.
지나가는 바람의 꽁지에도 물감이
튀겨 노랗게 물들어요.

수양버들은 벌써 연두빛 물을 들였지요.
이제 나들이 채비를 하고 있어요.
근데 데려갈 사람이 없나봐요.
우두커니 서 있는 모습이 너무 가엾네요.
삐삐를 꺼내 들여다보니 나무 꼭대기에
앉아 있던 새들이 내려다보며
"거기엔 아무 숫자도 찍혀있지 안찮아요"
놀려대네요.
내가 손을 내밀면 버드나무가 따라
나설 것 같아요. 근데 저는요
개나리들이 물을 다 들이기를 기다리고
있어요.

가슴이 연분홍으로 물들어 있는 산

갓 피어난 진달래 꽃잎은
그대 입술보다 붉다.

다복솔 밑에 반쯤 몸을 숨기고 피어난
진달래는 그대보다 수줍다.

산을 오르다 숨이 차
바위쪽에 앉아 있으면 날 내려다보며
미소 짓고 있는 진달래.

쳐다보면 고개를 돌려
흘러 가는 구름을 바라보는 꽃.

솔가지에 날아와 우는
새 소리를 들으며 피어난 꽃은,
솔가지와 햇살을 나누며 피어난 꽃은
평화롭고 따뜻하다.

가까이 가 진달래 꽃을 들여다보면
꽃은 무슨 말을 하려다 입 다물고
미소 지을 뿐이다.

늘 나를 스쳐 지나가며 미소 짓는
그대처럼.

꽃 향기에 엷게 가슴이 물들어서 산을
내려오면, 또 그렇게 가슴이
연분홍으로 물들어가는 산이 올려다
보인다.

물안개 피어 오르고

물안개 피어 오르고
새가 고요히 안개 속을 날아갑니다.

그대를 바라보면 섬세한 선들이 하나 둘 풀려
서로 번지다가 희미해지다가

물안개로 곱게 피어 오르고
나도 새가 되어 안개 속을 고요히 날아갑니다.

그 선 하나 남기고

아주 가느다란 머리카락.
너무 가벼워 바람 불지 않아도 나부끼는
바람 불면 바람이 되어 바람의 모습으로 춤추는….

그 머리 한 올이 그대 앉아 있던 자리에 떨어져 있네요.
아주 동그랗게 몸을 구부리고 꿈꾸고 있나봐요.
머리카락은 무중력으로 허공에 떠 있는 듯해요.
조심스레 그것을 집어 올리니 당신 꿈도 따라옵니다.

세상에서 제일 단순하고 아름다운 선.
그 선 하나 남기고 당신은 떠나가셨나요 ?
가만히 바라보니 그 선도 사라지고
사물들 속엔 당신의 선한 눈길만 남는군요.

푸른 물 속을 들여다본다

오랫동안 누워있던 발이 살며시 일어나 상아빛 계단을
조심스레 내려간다.

사물들이 꼬리를 남기고 사라진 오후
기울어진 시침처럼 네 팔에선 기운이 빠져나가고
태양은 하늘 한 켠에서 헛기침을 한다.

아마빛 샌들이 층계를 내려가자
네 바지자락에선 하얗게 포말이 인다.
작은 거품들이 나비가 되어 사방으로 흩어진다.

네 이마에선 식은땀이 흘러내리고
또각 또각 계단을 내려가던 발소리가 멎자
끝없이 바다가 펼쳐지는 것일까
네 눈이 더욱 커지고 있다.

너를 따라가지 못한 마음이 차가운 대리석의 층계에
앉아 네 눈처럼 푸르디 푸른 물 속을 들여다본다.

풀잎 하나가 천천히 휘어 오더니

이슬같이 맑고 향기로운 그대.
영원으로 휘어져 간 풀잎 위에
조금만 건드려도 굴러 내릴 듯, 터져 버릴 듯
위태롭게 멎어 있지만 너는 고요하다.
평화롭다.
앞산의 푸른 이마가 네 모습에 어리고
하늘의 푸름도 네 가슴 가득 담긴다.
풀잎이 흔들리면 이슬 속의 산도 따라
흔들리고.

너는 거기 정적으로 멎어 있는 음표 하나야.
또 어디 정적으로 맺혀 있던 물방울과
만나면 화음이 되는.

아직 풀벌레들이 깨어나기 전
풀잎 끝에 투명하게 매달려 있는 그대
모든 존재를 비우고서 더욱 맑아진 네게선
풀 향기가 난다.
영롱한 눈을 들여다보면 풀벌레 울음 소리가
들려오고
어디선가 풀잎 하나가 천천히 휘어 오더니
내 가슴을 지나 영원으로 날아간다.

꽃 가지를 꽃병에 꽂아 놓고

세상엔 봄이 오고 제 꿈 속에도 요즘 복숭아 꽃이 한창인가 봅니다. 잠이 깊이 들면 꽃들이 다투어 피어나는지 가슴이 두근대고 이마가 뜨거워지는군요. 아침에 일어나면 온몸이 땀에 젖어 있지요. 어제 밤 그 꽃 보러 당신이 찾아 오신 거나 아닌지. 잠을 깨니 누군가 꿈 속을 서성이다 돌아간 것 같이 느껴졌어요. 왜 저를 만나지 않고 꽃나무 밑만 서성이다 돌아가셨나요. 숨을 크게 쉬면 가슴 한 구석이 허전해지는 게 어쩌면 당신이 복숭아 가지 중에서도 제일 붉은 가지를 꺾어가신 건지도 모르겠군요. 지금쯤 그 꽃 가지를 꽃병에 꽂아 놓고 들여다보고 계실까요.

고요히 꽃을 기다리듯

오늘 밤 제 꿈 속을 방문하신댔는데 제대로 찾아오실지 모르겠네요. 저는 꿈을 꾸고 있을 뿐 조금도 움직일 수 없기에 마중을 나갈 수도 없지요. 당신이 제 꿈의 문 앞을 서성이다 돌아가시면 어쩌지요. 얼마나 제게 오실 길이 막막하면 꿈을 택하셨을까. 세상엔 이루어질 수 없는 것들이 많아 그것들이 꿈을 이뤄 꿈 길은 복잡한데 어떻게 당신이 찾아오실지. 하지만 저와 제가 좋아하는 것들을 잘 알고 계신 당신이므로 낯익은 길을 오듯 찾아오실지 모르겠네요. 오늘 밤 세상엔 흰 눈이 내린다는데 그 눈을 맞으며 오실 건가요. 당신이 눈을 툭툭 털며 제 앞에 나타나시면 어찌할까요. 꿈 속에선 당신만이 자유롭고 저는 조금도 도망갈 수 없는데. 여느 때처럼 빨간 장미 스물 네 송이를 들고 오실 건가요. 꿈 속에선 제가 해드릴 일이 하나도 없으므로 오늘 저녁 오랫동안 선반 위에 올려 놓았던 꽃병을 내려 맑은 물을 채운 뒤 당신을 기다리렵니다. 꽃병 속의 물이 고요히 꽃 가지를 기다리듯.

새는 포르르 날아갔다

두 손을 펼치자 새는 포르르 날아갔다. 푸른 빛의 형상으로. 눈이 부셔 그 뒷모습을 좇을 수 없었다.

내 손에 갇힌 새는 답답해 했지만 두려워서 가만히 있는 듯했다. 따뜻함이, 깃털의 부드러움이 전해지고 새는 내 손 안에서 그 따뜻함으로 부드러움으로 녹아버릴 것 같았다.

사랑은 언제나 이 작은 새장 같은 거야. 답답해도 참아. 마음을 놓고 네 고운 노래를 들려줄 순 없니? 난 널 조금도 해칠 생각이 없어. 늘 자유롭게 하늘을 날아다니는 네게 자유의 진정한 의미를 조금은 깨닫게 해주고 싶은 거야.

새는 잠시 목을 움직여 보는 것 같았다. 작은 발로 내 손 가락을 밀어보는지 간지러웠다. 새는 어둠 속에 갇혀서도 눈 뜨고 있을까? 답답해 할까봐 두 손을 동그랗게 부풀린 뒤 안 쪽을 들여다보니 내 손이 환하다.

마치 촛불을 켜 놓은 듯 손가락 사이론 푸른 빛이 새어 나 오고 있었다. 두 손을 펼치자 새는 포르르 날아갔다.
그렇게 쥐여져 있던 네 작은 손.
그 새와 함께 내가 쥐고 있던 모든 것들도 날개를 달고 날 아갔다.가끔 새가 날아와 창가에서 노래 부를 것 같아 밖을 내다보지만 빈 나무 가지만 바람에 흔들리고 있을 뿐.

숲 속의 뉴올리언즈

산소가 모자라서일까. 살다보면 피가 도는 게 뻑뻑하고 가슴이 답답해질 때가 있다. 그럴 때면 산에 간다. 산은 참 좋다. 입장료도 안 받고 더욱이 5월의 신록은. 보드랍고 윤기 도는 새잎을 따 입에 넣으면 사르르 녹아 버리고 입안 가득 5월의 향기가 어린다. 무르익은 봄바람에 몸을 내어 맡기고 춤추는 잎새들을 바라보면 무언가 좀 억울한 듯도 싶지만 벅차오는 가슴을 어찌할 수 없구나.

푸른 숲엔 어떤 큰 힘이 숨어 있기에 진공 청소기에 먼지 빨리듯 산에 이끌리게 되는 걸까? 숲 속에 몸을 던져 비릿한 고깃내를 풀향기에 지워버리고 꼭꼭 숨어 있노라면 어디선가 호르 호르르릉 적막을 깨뜨리고 휘파람새가 운다. 그것을 신호로 어치는 루이 암스트롱 조로 운다. 때까치도 드럼을 잘게 두드리고 유리새는 아주 빠른 프레이즈로 윗나무 가지에서 아래 가지로 옮아 앉는다. 뻐꾸기란 놈은 트럼펫을 꺼내 아구리를 주먹으로 틀어막고 블로우잉 한다.

아아 여기는 숲 속의 뉴올리안즈. 한낮의 시간은 한없이 늘어지고 그 늘어진 끝을 잡고 이 나무에서 저 나무로 그네를 타고 있노라면 노란 날개를 활짝 편 꾀꼬리가 이 산 봉우리에서 저 산 봉우리로 또 크게 스윙하는 모습이 보인다.

2부 · 여름

꽃잎이 꽃잎을 싸듯
동그라미는 동그라미를 감싸며
물 밖으로 번져나간다

정말 그것이 돌이었을까

자그만 돌 하나가
내 마음에 떨어진다.
마음 깊이 돌이 가라앉는 동안
수면에는 파문이 일어

꽃잎이 꽃잎을 싸듯
동그라미는 동그라미를 감싸며
물 밖으로 번져 나간다.

내 마음 속에는 또 마음이 있어
돌은 끝없이 떨어져 내리고
언제나 돌이 떨어진 곳은
마음의 중심이다.

정말 그것이 돌이었을까?
어느 정적이 뭉쳐 핵을 이루고
스스로의 힘에 의해
내 마음의 한복판에 던져진 것이
아닐까?
어쩌면 내 마음 속에 비밀히
자란 돌이 물 속을 빠져 나가며

남겨놓은 동그라미일지도 몰라.

아무도 그 돌을 본 일 없고
돌의 존재를 알리는 파문만
수면 위로 번져나간다.

돌이 떨어진 동심원의
중심에 수련 한 송이가 곱게
피어난다.

미루나무

30도쯤 기울어진 미루나무.
조금 더 기울어진 채 까치 한 마리 날아간다.
매미 울음을 입에 물고
쓰르라미 비단 옷을 빌려 입고

세상의 모든 것 다 잡아먹고 다 해치우고
피 묻은 손을 닦으며 한없이 기울어지는
몸을 일으키려니 하늘에는 다시 한번 바람이
불어가고 미루나무의 푸른 기운들만 뽑혀
구름의 앰뷸런스에 실려가는구나.
어디론가 바빠.

여름은 도마뱀처럼

도마뱀처럼 빨리 여름이 도망쳐 버리자
여름 꽃들도 속절없이 져버리는군.
빈 꽃밭을 혼자 지키고 있는 봉숭아.
누가 뒤 늦게 뿌려놓은 씨?
개구녁을 통해 들어온?
태어나지 말았어야 할 아이처럼 봉숭아는
고개를 푹 숙이고 있었다.

꼬리를 꽃밭에 남겨두고 여름은 또 어디를
헤프게 기어 다니고 있을까.
해 떨어지자 봉숭아 여린 가지 끝에도
작은 꽃들이 홍등처럼 켜지는군.
어느새 봉숭아는 귀걸이를 하고 발톱에도
패티큐어를 칠하고
누굴 기다리고 있는 것일까.

세상 저만치 어둠 속에 머리를 처박고 눈
붙이는 도마뱀 끊어진 꼬리엔
다시 꼬리가 자라나고.

스님과 독사

스님은 잠드시고 암자엔 독사 한 마리 결가부좌하고 있다 꼬리를 꼿꼿이 딛고 일어선다. 땡볕이 쨍쨍한 법당 앞마당. 내리 꽂히는 햇살에 무수히 피 흘리며 일어선 독사의 키는 스님의 주장자보다 크다. 바라보지 않아도 뱀이 보여 마당 끝의 맨드라미 대가리는 더욱 붉어지고 이제 스님은 드렁드렁 코를 고신다. 아무도 찾아오지 않는 암자. 독사 한 마리 온몸을 꼿꼿이 세운 채 혀를 날름대며 독경을 한다.

햇살과 꽃

모두가 물러나 있는 대낮.
꽃 한 송이가 햇빛과 대치하고 있다.
팽팽한 긴장 속을
꽂혀오는 햇살에도
꽃은 눈 하나 깜박이지 않는다.
먼 하늘엔 구름들이
페퍼 포그처럼 피어나고
마당 끝을 기어가던 살모사가
선 채로 빳빳이 굳어가도
꽃은 몸을 움직이지 않는다.

어디선가
보이지 않는 손이 다가와
꽃의 눈을 후벼 파고
해의 시계 바늘을 뽑아버리자
주변의 나무들이 부르르 몸을 떤다.

모두가 물러나 있는 대낮.
마당 한가운데 버티어 선
꽃 한 송이가 마침내 온몸에 신나를
뿌리고 불을 붙인다.

목이 매인 목어의 입 속에도
검은 피가 고이고 있다.

재 한 점 남기지 않고 그렇게
타버린 꽃.
꽃이 사라지자 내리 쬐는 뙤약볕에
마당이 갈라지고
그 금이 우리 가슴에도
두개골에도 길게 이어지고 있다.

아마릴리스

얼마 전 아마릴리스 구근을 구해 화분에 얹어 놓았더니 커다란 꽃대가 올라와 꽃을 피우네요. 네 송이가 나팔처럼 펼쳐지고 있어요. 그 붉음이 얼마나 짙은지 바라보면 가슴이 아파와요. 입술도 떨리며 자줏빛으로 물들어오지요. 꽃은 붉은 깃발을 흔들며 적진으로 뛰어드는 잔다르크 같아요. 늘 소박한 들꽃만 보아오던 저는 정신을 잃겠어요.

꽃을 바라보는 날 꽃은 삼켜버리나봐요. 손가락으로 날 집어 입 속에 물고 있는 것같이 몸이 달아오르는군요. 황홀해요. 이 몸이 설탕처럼 녹아버리는지 달콤하네요. 피가 되어 꽃의 온몸을 돌아다니고 싶어요. 꽃을 따라 저도 전장으로 뛰어들며 붉은 깃발을 흔들다 꽃과 함께 지고 싶네요. 아직도 꽃대 하나가 더 올라오고 있는데 그 끝에 피어나는 아마릴리스를 전 사람의 모습으론 볼 수 없을 거예요.

뚝뚝 부러지는 강

아이들이 그리는 강은 검은 색.

지느러미와 꼬리가 없는 물고기들이 몸통으로 헤엄쳐 다닌다. 강물은 더 이상 노래 부르지 않고 바다도 더럽혀진 신부를 맞을 수 없어 저만치 물러가 있다.

무기수가 되어 강 속에 갇히는 강물.

강변 도로의 자동차들도 길에 빽빽이 채워져 순대가 되고 있다. 아이들의 꿈 속을 기어나온 공룡들이 먹을 수 있을까 ― 김이 모락 모락 나니까 ― 순대를 물어본다. 물고기들이 화석처럼 박혀있는 강물도 덥석 물어보다가 놓는다.

모두가 버려져 고요해진 강물 위를 아이들이 뛰어가자

뚝뚝 부러지는 강. 검은 크레용처럼.

붉은 판화 한 점

강가에 가면 언제나 나보다 먼저 와 있는 바람. 들꽃이 피어 있는 강뚝을 바람과 달리자 강물은 푸른 등을 넘실대며 따라오고 구름도 다가와 빨리 뛰라 응원을 한다.

숨이 차 강둑에 누우면 바람은 시원한 손으로 내 이마의 땀을 닦아준다. 강둑에 피어나는 패랭이, 망초, 아기 메꽃들. 꽃을 따 물 속에 던지니 강물도 푸른 꽃을 따 내게 던진다.

그러던 강물이 오늘은 말이 없다. 마루나무 꼭대기의 매미도 입 다물고 뼈만 남은 물고기들이 허공에 떠올라 구름의 뒤를 따라간다. 바람도 그늘 밑에 앉아 있다 풀섶에 숨어 들며 울고 있는지 가끔씩 풀들의 어깨만 흔들릴 뿐.

이제는 조금만 뛰어도 숨이 찬다. 날 따라오던 강물도 자꾸만 뒤로 처지다 땅 속으로 잦아 들었는지 보이질 않는다. 서산 너머 구름도 사라지고 혼자 남은 풍경만이 누군가 풀어 놓은 붉은 물감에 판화처럼 찍히인다.

몸이 길게 늘어난다

풀밭에 누워 있으면 몸이 길게 늘어난다.

팔을 길게 뻗자 이상한 나라의 앨리스같이 사마귀의 뒷다리도 잡힌다. 구름의 잡히지 않는 마음도…

머리맡에 가지런히 벗어놓은 신 한 짝이 쪽배가 되어 어디론가 흘러가고, 나머지 신에는 풀벌레 한 쌍이 새살림을 차리는지, 오늘 집들이를 하는지 풀무치, 방울벌레, 여치가 몰려와 밤늦도록 울고 있구나.

풀밭에 누워 두 다리를 쭈욱 뻗으면 지구의 끝이 닿는다.

내 눈길도 하늘의 궁륭에 닿아 별들의 예쁜 궁둥이가 보인다.

수줍은 천사의 하얀 가슴도.

풀밭 끝에서 불어온 바람이 발가락 사이로 빠져나가자

내 걸어온 길들이 지워지고 그 위에 하얀 꽃들이 피어난다.

다시 한 번 바람이 불어오면 내 영혼은 돛대가 되어 바람을 가득 안으며 어디론가 흘러가리라.

버리어진 육신 혼자 풀밭에서 파랗게 물들다 더욱 길게 늘어나 한 마리 뱀이 되어 천천히 풀밭을 벗어난다.

인동꽃 또는 후투티

노래하는 새의 주둥이 같다. 그 꽃들은.
산새들의 노래가 모두 그리로 간 것일까?
어찌 보면 후투티의 머리를 닮았다.

또 새들이 우르르 숲으로 몰려가듯 꽃이 진다.
떨어진 꽃을 주워 손바닥에 올려놓으면 꽃들은 새처럼 떨
다가 고요해진다. 아주 작은 눈물을 흘려 놓고.

꽃들을 산에 묻고 내려온다.
내 가슴도 산에 묻고 골짜기를 더듬어 내려오면

내 걸어온 길들이 인동 넝쿨이 되어 다시 산을 기어 오른
다. 손톱이 긁어 놓은 자리마다 인동 꽃이 피고, 어둠을 기어
오르다 쓰러지면 별들 사이로 내 눈물을 물고 날아가는 후투
티가 보인다.

외딴집

그 집은 혼자 있고 싶어했다.
곁에 있던 나무가 마르자
나무 가지의 새들이 날아가버리자.

처음엔 커다란 집이었는데 이젠 오두막집. 굴뚝이 집보다
크다. 해가 떠 그림자가 드리워지면 집은 그림자를 버리고
또 떠난다. 풀밭을 헤맬수록 외로움은 커지고 집은 작아져
외딴집은 지금 슬픔이 키워 논 풀섶에 숨겨져 있다.

혼자이기를 좋아하던 홀스타인 한 마리가 초원을 어슬렁
대다 풀과 함께 집을 삼켜버린 뒤 나무만 보면 새들만 보면
음매음매 운다. 멀리 외딴집의 그림자도 힘들게 기어와 홀스
타인 곁에서 함께 울고 있다.

고통의 중심에 피어나는 꽃

누가 쏜 화살일까.
화살이 날아가 박히는 자리마다
장미가 피어난다.

과녁의 중심에서
땀 한 방울, 눈물 한 방울 흘리지 않고
피어 있는 장미.

세상이 외면해버린 고통이
우리가 팔아버린 양심이
과녁이 되어 가슴을 열고 있는 것일까.

심장 깊이 꽂힌 화살이 파르르
떨어도 장미는 눈 하나 깜박이지 않는다.

내부로 피를 흘리며
흐르는 피를 마시며 피어 있을 뿐이다.

고통이 가시가 되어 자라다
더는 견딜 수 없을 때
장미는 가지를 뚫고 나가 핀다.

장미가 피어 있는 곳은 언제나 고통의
중심이고 그는 스스로 화살이 되어
중심에 날아가 박힌다.

화살이 꽂히는 순간 아름다움만 남고
장미는 죽어버리는 것일까.

비의 나라에서 만나요

비를 따라가고 싶어요.
어디선가 당신도 비 한 줄기를 붙들고 계세요.
그러면 비의 나라에서 만날 수 있을 거예요.
비의 나라에선 비의 국수를 마음껏 먹을 수 있고
비로 지어진 집
비의 침대에 누워 편히 잠들 수 있지요.
비의 꿈을 꾸며 마음껏 날아다닐 수도 있어요.
세상엔 비의 강아지들이 뛰어다니고,
비의 풀들, 비의 나무가 무성한 숲에선
비의 새들이 비의 노래를 불러요.
비의 아기가 태어나자 비의 엄마는 아기를 꼬옥
안고 비의 젖을 먹이지요.
착한 비의 왕이 비로 다스리는 비의 나라.
수녀님들이 비의 성당에서 비의 촛불을 켜놓고
기도를 드리면
어둠 속에선 비의 별들이 하나 둘 태어나지요.
비로 만들어진 흔들의자에 앉아 흔들리며
비를 바라보면 기쁨이 슬픔을, 또 슬픔이 기쁨을
꼬옥 안고 있는 게 보여요.
그럼 이따가 비의 나라에서 만날까요.
제가 갈 때 세상에서 제일 예쁜 꽃을 따 들고
갈게요. 당신의 눈물인 그 꽃을 비와 묶어.

온몸이 슬픔이고 눈물인 비

비를 맞고 싶다.

빗 속을 걷다 손을 잡아주는 비가 있다면 그와 함께 예쁜 카페를 찾아야지. 키가 아주 커다란 비… 그가 허리를 꺾어 의자에 앉으면 그의 젖은 눈을 한없이 바라보고 싶다. 어떻게 커피를 마셔야 할지 몰라 망설이는 그를 보면서. 먼저 향기를 맡으라고 그리고 따뜻한 찻잔을 두 손으로 받쳐들고 천천히 마시라고 가르쳐주고 싶다.

짙은 갈색의 커피, 비록 작은 잔에 담겨 있으나 그 향기와 깊이가 끝이 없는 커피를 사이에 두고 난 그가 어디를 헤매다 왔는지 물으리라. 고개를 푹 숙이고 커피를 마시는 그. 뚝뚝 물방울이 그의 이마에서 떨어져 내리면 난 손수건을 꺼내 닦아주리라.

아아 그런데 그가 커피를 못 잊어 자꾸 내게 오면 어떻게 하지? 대낮에도 한 줄기 비가 내려 내 손을 잡는다면. 난 뿌리칠 수 없어 그의 손을 잡고 한없이 젖을 것 같아. 언제나 길고, 매끄럽고, 차가운 그의 손. 온몸이 슬픔이고 눈물인 비. 아무리 해도 내 마음을 숨길 수 없어 난 그 비를 안고 울게 될 거야. 울다가 비의 손을 잡고 세상을 헤매다 비와 함께 땅 속 깊이 스며들 거야. 슬픈 것들은 비를 닮아 모두 길어지고 있어. 세상의 아픔과 절망도 마침내 비가 되어 우릴 따라

내려오면 우린 땅 속에서 따뜻이 그들을 맞아주어야지. 긴긴
겨울을 지나 봄이 오면 나무를 타고 올라 연두빛 잎이 되어
다시 세상에 태어나는 거야.

비오는 밤 속의 별들

하늘 가득 비 오고요 별들이 비를 피해 허공에 매달려 있어요. 가냘픈 종아리엔 소름이 돋아 있고 비바람 불자 힘없이 흔들리네요. 비에 젖은 별빛은 눈물처럼 어둠 속을 번져가요.

좀 더 튼튼한 어둠의 뿌리를 잡기 위해 자리를 옮기던 별 하나가 허공을 헛짚었나 봐요. 어둠을 잡고 있던 한 쪽 손이 길게 늘어나더니 얼굴 빛이 창백해집니다.

하늘에는 하염없이 비 내리고요 피할 곳 없는 별들이 비를 맞다 비에 씻겨 이제는 앙상히 뼈만 남아 있어요. 지상이 가까워질수록 비의 속도는 빨라지고 비의 머리도 뾰족이 벼려져 비를 맞은 사물들은 고요히 피 흘리며 죽어갑니다. 이를 악물고 허공에 매달려 있던 별들도 새벽녘엔 모두 힘을 놓았지요.

머리맡을 흘러가던 여울 소리가 점점 커지더니 갑자기 멎고 무엇엔가 걸린 듯해 눈 뜨니 온몸이 땀에 젖어 있네요. 손 아귀엔 어둠의 뿌리 몇 올이 잡혀 있고 부러진 손톱 밑엔 피가 엉켜 있어요.

우리는 금속의 알 속에 갇혀 있다

교도소 담장에 장미가 피어난다.

수천 송이의 장미가 이중으로 둘러쳐진 울타리에 매달려
있다.

철조망이나 흙담 브로크 담 기어 오를 수 있는 담이면 모
두 올라가 장미는 살려달라 소리친다.

따따따따 기관총 소리가 들려오고 꽃들은 철망에 매달린
채 피를 흘린다. 담장에서 뛰어내린 장미의 머리에도 총알이
박혀 있다. 무슨 죄를 진 것일까. 저 많은 꽃들이.

인덕원 사거리를 코 앞에 두고 차는 끝없이 밀린다.

이 짧은 거리를 빠져나가는데도 한 시간은 더 걸리리라.

어디를 가도 막혀 있는 길. 곳곳이 철저하게 막히는데도
담은 보이질 않는다. 이 자리를 탈출하고 싶어도 출구가 보
이질 않는다. 우린 막연히 갇혀 허우적댈 뿐이다.

갑자기 아우슈비치의 철망과 베를린의 시멘트 장벽이 그
리워진다.

길이 막혀 차를 세워두고 배기 가스를 마시고 있노라면

교도소 담장을 무료히 바라보고 있노라면 수천 볼트의 고
압이 흐르는 철망이라도 서슴없이 탈출해보고 싶은 충동이
인다.

따따따따 기관총에 등이 뚫리며 죽어가도 시원할 것 같다.

자꾸 보이지 않는 벽들이 우릴 조여 온다.

담들의 키는 높아져만 간다. 멎어 있는 길들이 길게 늘어나고 차들은 배암이 낳아 논 알 같다. 우리는 지금 그 알 속에 갇혀 있다.

장미, 여름 내내 각혈하다

여름 내내 각혈을 했다.
장미는 수척해져 산에 녹아 버리듯 사라지는
사물들의 뒷모습을 물끄러미 바라본다.
칸나도 땅속으로 내려가고
맨드라미는 꽃을 이고 승천을 했다.
장미 혼자 남아 다 망가진 폐로 그렁그렁 숨을 쉰다.

단추를 풀면 또 단추가 나오고, 옷을 벗기면 옷
문을 열고 들어가면 또 다시 문이 나와
그 좁은 똬리 계단을 힘들게 돌아 내려가면
진한 향기에 취해 어둠 속에 떨어지고
마침내는 꽃 밖으로 내동댕이 쳐지게 되는 꽃.

장미는 혼자 남아 가시를 딴다.
제 몸에 박혀있던 가시를 다시 하나씩 삼키며
제 몸도 집어삼킬 듯 크게 눈을 뜬다.
모든 것들을 유혹한 뒤 모든 것들을 거부하며
찬란하게 피어 있던 장미는 여름 내내 거기 서 있지만
없었다.

어디로 불려가던 가을 바람 한 자락이 장미

가지에 걸리자 바람은 장미 가지를 잡고 운다.
여름 내내 장미를 사랑하던 사람들도 장미를 그리워
하며 각혈하게 되리.
장미보다 붉은 피를 토해 내리라.

피라미드 속의 잠

누가 매어단 것일까.
안개꽃과 장미꽃이 거꾸로 매달린 채 마르고 있다.
마지막 남은 잔을 기울이며 꽃을 바라보면
장미는 흙빛이다.
피가 모두 머리로 쏠린 탓일까?
안간힘을 주고 있는지 잎들도 돌돌 말려 있다.

커피는 내게 와서 죽고
찻잔에 남아 있던 액체가 향기가 되어 사라진다.
사기질 바닥에 말라붙은 몇 개의 반점을 바라보며
꽃의 고통을 생각하면
내 목을 넘어간 커피의 감각이 물고기가 되어 다시
넘어온다.

매달려 있던 안개꽃들은 안개가 되어 문틈으로 새어
나가고 가느다란 줄기만 벽 위에 남아 있다.
조금씩 마르던 줄기가 움직이기 시작한다.
어떤 고통이 닿고 있는지 뒤틀리고 있다.

그토록 꽃의 아름다움을 간직하려는 자 누구일까.
영원한 생명을 피라미드 속에 보관하려는 자는.

예리하게 잘려나간 장미 가지 끝에서
달빛은 하얀 피를 흘리고 물고기 한 마리가 그 피의
강물을 거슬러 올라간다.

누가 매어단 것일까.
장미와 안개를 저 높은 십자가 위에.

그토록 아름다운 장미를 난 받아본 일 없다

그토록 아름다운 장미를 난 받아본 일 없다.

장미는 입을 꼭 다물고 내게 와 한 송이씩 피어나며 사랑해요. 당신 생일을 진심으로 축하해요 말하는 것 같았다. 내가 바라보자 그윽이 눈을 맞춰주기도 했다.그녀가 내 생일 선물한 장미 꽃다발. 난 꽃이 시들어가는 게 두려워, 꽃이 시들면 우리 사랑도 다할 것 같기에 서둘러 꽃을 말리기로 했다. 꽃은 그늘 속에서 곱게 말라갔다.

그때가 벌써 일 년 전인가?
그녀가 내 곁을 떠난 지가.

마른 꽃을 화병에 꽂아 놓고 난 매일 그녀를 보듯 꽃을 들여다보았다. 물이 없는 화병처럼 텅 비인 가슴으로.

가끔 눈물로 마른 꽃잎을 적셔주기도 했다. 한동안 쌓인 먼지를 닦아주려 화병을 드니 병 밑엔 아주 고운 꽃가루들이 쌓여 있다. 꽃 속에 묻혀 온 벌레가 꽃이 마른 뒤에도 살아남아 꽃잎을 갉아 먹는 것이다. 꽃가루를 치워도 다시 쌓이는 것이었다. 어느 땐 사각사각 마른 꽃잎을 갉아 먹는 소리가 들려왔다. 아 아 그 소리는 내 가슴 속에서도 들려 오는 것이었다.

버림 받은 뒤에도 살아남은 내 사랑이 벌레가 되어 가슴을 갉아먹고 있는 것인지. 꽃송이를 건드리자 마른 꽃들은 소리없이 무너져 내린다.

환한 웃음 하나 따 들고

갑자기 부용이 꽃 피었어요.
거기 서서 환히 웃음 짓는 모습에 내 가슴이 두근댑니다.
남 몰래 귀부인을 사랑하고 있는 소년같이.
그것을 눈치 채고 부용은 웃고 있지요.
눈물지듯 달맞이 꽃은 져버리고 때를 잃고 피어난 코스모스
꽃을 안쓰럽게 바라보고 있을 때 부용은 큰 키를 일으키며
피어났습니다.
바람에 연분홍 꽃잎이 나부끼고 스란치마가 살며시 들리면
초록빛 당혜(唐鞋)가 드러납니다.
지난해 말도 없이 가시더니 또 기별 없이 오셨나요.
갑자기 한해가 커다란 꽃잎이 되어 내 가슴의 벼랑 밑으로
떨어져 내립니다.
거기 서서 부용은 환히 웃고 있지만 눈부셔 쳐다볼 수 없
어요.
부용의 큰 눈이 꽃잎에 가려질 때 내 눈물은 흘러 내려
당신 꽃당혜에 묻어 있는 흙을 닦아 드리지요.
언제 다시 서역(西域)으로 돌아가시나요.
그리움의 뚝이 무너지고 슬픔이 여울져서 나는 부용을 앞에
두고 멀리멀리 떠내려갑니다.
점점 멀어지는 나를 바라보며 당신은 손을 흔들었지요.
환한 웃음 하나 따 들고 나는 물 속에 천천히 잠깁니다.

칸나 그 사무라이들

칸나는 그 큰 배를 가르고 심장을 꺼냈다.
피가 뚝뚝 떨어지는 심장을 들고 있다.

사람들이칸나옆을지나간다눈한번주지않고
피가떨어져있는곳을비켜간다.

머리 위에 들고 있던 심장이 검게 물들어간다.
어느 칸나는 심장을 꺼내자 마자 하늘 높이
던져 버렸다.
그 심장이 서쪽 하늘을 붉게 물들이고 있다.

목이 없는 칸나도 있다.
배를 가른 뒤 창자를 꺼내고 목을 숙이자
도우미들이 쳐주었기 때문일까 ?

떨어진머리가사람들의발길에밟힌다채인다.
여름은칸나뒤에서피묻은칼을칸나잎으로닦고있다

무슨 잘못을 저질렀기에
무슨 결백을 주장하기 위해 칸나들은 저렇게
죽어간 것일까 ?

너무 끔찍한 풍경에 가을이 오다 저만치
멈춰 눈치를 살피고 있다.

그 나무는 에로틱하다

그 나무는 에로틱하다.

봄날 뻐꾸기가 찾아와 울다간 날로부터 배꼽티를 입고 있다.

아래는 몸에 꼭 끼는 블루진 그리고 가죽 장화.

바람이 불어오면 나뭇잎은 모두 혀를 길게 내밀어 입맞추려 든다. 팔을 크게 벌려 바람을 맞으려들지만 언제나 안겨지는 것은 자기 자신 뿐.

숲의 적막이 지겨울 때 나무는 물구나무를 선다. 머리를 풀어 내린 채 천의 가랑이를 흔들며 춤춘다. 바람도 그쳐 버린 한낮. 더위에 지친 나무가 배꼽티마저 벗어던지자 그의 어깨에는 나비들이 날아와 앉는다. 잔등에도 매미가 붙어 운다.

나무가 벗어놓은 푸른 그림자 속에는 숲 속을 헤매던 로리타가 참나리를 꺾어 들고 와 잠시 쉬었다 간다.

얼마 뒤 블라디미르 나보코프가 나타나 그 에로틱한 나무를 껴안으며 로리타 로리타 이름을 애타게 불렀다.

나무들이 가랑이를 벌리고 있다

와, 나무들이 가랑이를 벌리고 있다.
허공을 향해. 봄날 무수히 쏟아지는 햇살의 정자들을
가랑이 사이로 받고 있나보다. 때로 나무들은 간지러운
듯 가랑이를 서로 비비대며 키득키득댄다.
아주 뜨거워져 바람에 식히려는지 가랑이를 더욱 넓게
벌리는 나무도 있다. 하늘로 늘씬하게 뻗은 다리를
올려다 보면 현기증이 난다. 목이 말라온다. 물 속 깊이
머리를 잠그고 춤추는 싱크로나이즈 선수들같이
나무들은 물구나무를 선 채 발끝으로 춤추고 있다.

어디선가 엉금엉금 기어온 구름 한 장이 가랑이 사이
깊숙한 곳을 그윽이 바라보다 사라지더니 소문이 꼬리
에 꼬리를 물었는지 산너머엔 구름이 떼 지어 차례를
기다리고 있구나. 마치 위안소 앞에 줄 지어선 일본
병정들같이. 감수성이 예민한 구름은 소문만 듣고도
십리쯤 떨어진 파밭에다가 찔끔찔끔 그것을 흘렸다.

산은 이제 여름이에요

산은 이제 여름이에요.

여름의 냄새가 땅에서도 맡아지지요.

땅도 땀을 흘리나봐요. 훗훗한 땅 기운과 풀 냄새가 합해져 숲은 관능적인 분위기네요. 더워서 산은 옷을 훌훌 벗어버리고 그늘 밑에 앉아있다가 벌러덩 누워 버리네요. 나무 가지마다 아무렇게 옷가지들을 걸어 놓고. 저 멀리 오리나무엔 하늘빛 누드 브라가 바람에 날려 있네요. 청설모가 물어다 논 것일까. 낙엽송 꼭대기엔 팬티가 걸려있어요.

한 여름 이 숲의 공화국 국기는 그 연분홍 팬티지요.

산의 다리가 길게 뻗어나가다 멈춘 자리엔 나리꽃들이 피어있어요. 그 꽃이 풀리며 산의 발톱마다 빨간 물감을 들여 놓네요. 산의 푸른 머리카락이 까마귀 밥 나무 사이로 보이고 물푸레 나무 그늘엔 커다란 산의 궁둥이가 숨겨져 있어요. 물푸레 나무가 잎을 뚝뚝 떨어뜨려 알몸을 감춰주고 있지요.

어디선가 부전나비 한 마리가 팔랑팔랑 날아와 익모초 사이 꼭꼭 숨어 있는 산의 젖꼭지에 앉아 달디단 꿀을 빨고 있네요.

때 이르게 찾아온 여름. 산 매미들이 아직 트이지 않은 목청으로 찌르르 울자 산은 부르르 몸을 떨어봐요.

어린 새들이 숲에서 나는 연습을 하고 어미 새들은 높은 가지에 앉아 지켜 보고 있지요. 오늘따라 바람도 불지 않고 아이 더워 하며 산이 꾸부렸던 몸을 쭈욱 펴자 나무들이 일제히 흔들리고 재잘대던 새들이 놀라 후두둑 저 산으로 날아갑니다.

산은 손을 들어 떡갈나무 잎을 따 부채질을 시작합니다.

언제 비가 오려나 생각하자 저 멀리 산 너머에선 구름들이 거대한 욕망처럼 뭉게뭉게 일며 좀 기다리세요 대답합니다.

르와조 리르(琴鳥)

유칼리투스 나무 가지에 새가 앉아 있다.
고개를 숙인 채 명상에 잠겨 있는 가지 끝에선 푸른 기운이
번져 나오고, 그 빛에 물들며 새가 운다.
칠현금(七絃琴)의 긴 꼬리를 흔들며 우는 새의 노래가
안개 속을 엷게엷게 번져 나간다.
멀리 벵골 지방에까지 노래가 닿았을까
한 줄기 강물이 천천히 흘러오고 있다.
강물에 띄워진 등불이 흔들리면서, 그 빛에 내세(來世)가
조금씩 드러나면서.
나무의 명상이 깊어지자 강물도 깊어지며 흘러간다.
대낮에도 물 위에는 천체(天體)의 빛이 어리고.
버드나무 가지에서 조용히 바람이 일더니
버드나무를 에워싼 푸르름이 커다란 새의 형상을 이루며
어디론가 날아간다.
강 한 줄기도 그 뒤를 길게 따라가고 있다.

올리비에 메시앙 옹(翁)이 팔십이 넘어 새를 찾아간
오스트레일리아의 어느 산골.
유칼리투스 나무 가지에 앉아 신비롭게 울던 르와조
리르가 오늘은 긴 꼬리를 더욱 길게 늘어뜨리고 버드
나무 가지에 앉아있더니

하얀 면사포를 쓰고 누굴 기다리고 있더니
저녁 무렵 하늘에서 내려온 피안(彼岸)의 빛에 희디흰
빛으로 부서져 버렸다. 버드나무도 강물도
새 앞에서 푸른 빛으로 부서져 내렸다.

3부 · 가을

푸름이 다 빠져나가기 전
풀들은 모여 서로의 몸을 비비댑니다
마지막 힘을 다해 활을 켭니다

간이역(簡易驛)

꽃 한 송이마저 떠나자
텅 비인 간이역(簡易驛).
막막한 기다림과 그리움이
벤치가 되어 있다가
한낮의 정적(靜寂)에 들리인다.
한때의 아우성도 그늘이 되어
측백나무 아래 누워 있다
희미하게 지워진다.
아득한 추억으로 달려간 기차는
돌아오지 않고
바람 두엇 갈대를 꺾어 들고
철로 위를 걸어가는
오후 두 시.
비인 역사(驛舍)에 걸린 낡은
시계가 두 시를 치자 역사는
소리없이 무너져 내린다.

달빛 성당

나귀 한 마리가 십자가를 지고 언덕을 올라갑니다.
달빛이 부서져 내리는 언덕에서 숨을 돌리고 있습니다.
어디선가 포도가 익고 있는지
포도 속에서 당신의 말씀이 익고 있는지
아주 달콤한 향기가 바람에 불려옵니다.
오랫동안 헛간의 어둠 속에 묻혀 있던 십자가 하나가
나귀를 데리고 달빛 언덕을 올라갑니다.
털이 다 빠지고 비루먹은 나귀 한 마리.
잘 익은 포도알들이 하늘로 올라가 별이 되자
포도나무들은 가대(架臺) 위에서 별빛에 못 박히고
언덕에는 성당 한 채가 지워집니다.
나귀의 발 밑에도 빛의 계단이 쌓이고
세상을 떠돌던 종소리들이 달빛 성당에 모여 다시 종이
되고 있습니다.

깜장 염소

내 맘도 저렇게 파란 적 있었지.
가을 하늘 바라보며 그런 생각하면
마음이 한 점 구름이 되어 떠오릅니다.

풀들 사이로 새로 돋아난 풀잎 뜯어먹고
목줄이 당겨지는 곳까지 가 혀 내밀어
들국화 몇 송이 더 따먹고 매— 매애—
울다가 구름을 바라보는 염소.

강둑에서 흘러가는 강물을 바라보니
물속에도 염소 한 마리가 파랗게 물들며
떠내려가고 있습니다.
물고기처럼 가끔 헤엄쳐보며.

그 물고기 뱃 속에는 들국화 몇 송이가
온전한 모습으로 피어 있습니다.
고개를 들어 하늘을 보니 구름 위에도
깜장 염소 한 마리가 안전하게 앉아
있군요.

현악(絃樂)

푸름이 다 빠져나가기 전
풀들은 모여 서로의 몸을 비벼댑니다.
상대의 눈빛을 확인하며 마지막 힘을 다해 활을 켭니다.
떨림이 뿌리에까지 닿자 풀들은 고통스러워 모두
눈을 감습니다
머리 위에 피어있던 흰 꽃 몇 점 바람에 불려가고
파랗게 펼쳐진 가을 하늘
그 끝에도 소리가 닿고 있는지
하늘 한 자락이 트레몰로로 떨고 있습니다.

부드러운 선율이 내 몸을 감아와요

요즘은 기도 드리듯
음악을 듣습니다.

그 무한한 깊이에 잠겨 들면 부드러운 선율이 내 몸을 감
아와요. 나는 한 마리 포획된 곤충이고 음악은 거미줄로 절
묶지요. 음악을 들으며 전 조금씩 죽어가는 거에요.아무런
고통도 느끼지 못하고. 내가 음악에 용해되면 어둠은 더욱
깊어 가나봐요. 다 녹지 못한 뼈 한 토막이 어둠에 박히자 어
둠도 고통스러워하네요. 밤새 아파 몸을 뒤척이더니 새벽녘
엔 그 자리에서 별 하나가 태어났습니다

콜로라투라

네 목소리는 장대 끝의 고추잠자리 꼬리 끝에서 익다 푸른 하늘로 떨어지는 낙과야. 바람에 흔들리다 중심을 잃고 또 어디론가 날아가는 잠자리. 푸른 하늘에 붉은 점 하나 찍어 놓고.

하늘 높은 곳에서 잠자리와 함께 춤추며 부르는 네 노래가 이곳까지 닿는지 홀로 남은 장대의 키만 위태롭게 크고 있어. 오늘은 붉은 점 하나가 네 입술 빛으로 번져나가 서녘 하늘을 점령하고, 다 장악하고 누구일까 또 우두커니 기다리고 있구나.

미제레레 1

이젠 눈물도 마르고 내 가슴엔
소금이 쌓이기 시작해요.
가슴이 쓰려 쪼그려 앉으면 어디선가
나귀 방울소리가 들려옵니다.

나는 소금 자루일까요.
나귀 등에 얹혀 끝없이 흔들리게 될.

당신이 가신 길을 따라가던 나귀가
발을 멈춰 눈물을 흘리면
울다가 지치면 나귀 가슴에도 하얗게
소금이 쌓입니다.

누가 이 소금들을 다 지고 가야 하나요.
미제레레
이곳에 소금을 부리오니 받아주소서.

눈감으면 다시 나귀는 일어나 걸어가고
등 너머로 시스티나 성당이 출렁입니다
미제레레 미제레레
아름다운 노래 한 소절이 파도가 되어
내 가슴에 하얗게 부서져 내립니다.

미제레레 2

잔뜩 부풀었던 대기가 가라앉습니다.
산자락에 쌓이며 보랏빛을 띱니다.
해가 지면 뻐꾸기 울음이 노을 속으로 번져가고
중력의 힘도 풀어집니다.

산이 제 무게를 버리고
고요히 떠오르는 저녁.
산자락에 남은 망초들은 하얀 미사보를 쓰고
미제레레 미제레레 노래 부릅니다.

산이 남기고 간 자리를 지키고 있는 꽃들을
바라보고 있노라면 물은 가슴에까지 차올라
찰랑댑니다.

아무도 살지 않는 내 가슴 속 외딴 섬에서도
물새들이 미제레레 미제레레 노래 부릅니다.

미제레레 3

바람 불지 않아도
풀잎이 흔들려요.
세상을 떠돌던 외로움들이
풀잎에 매달려 울고 있는 것일까.
슬픔이 줄기를 타고 내려가
뿌리 근처에서 우는 것일까.

버려진 땅
아무렇게 피어 있던 들꽃도 지고
갈 곳 없는 풀들이 우두커니 서서
어둠을 맞고 있는 들

입추 너머 뼈마디가 굵어진
고통과 절망들이
어둠 속에 엎드려 울고 있기에
저리 풀밭이 흔들리는 것일까.

비 그친 지 오래지 않아
아직 질척이는 진흙 속에 머리를
묻고 또는 풀잎에 목을 매고
우는 풀벌레들.

가만히 가만히 울음이 전달되자
지하에 뿌리를 내린 모든 것들도
몸을 떨고 있네요.

미제레레
이 눈물로 바치는 노래를
기도로 받아주소서.
시든 꽃들을 어둠 속에 별로
심어 주시고 못다 이루어진 꿈을
그 빛으로 빛나게 해주소서.

이 가을 버려진 것들은

피리가 버려져 있다.
풀벌레 울음도 잦아든 풀밭에.
누가 불다 버리고 간 것일까?

단풍나무 한 그루가
곱게 무너져 내리고
바람이 불면
풀벌레 마른 껍질이 어디론가
불려간다.

다시 깨어 우는
피리 소릴 듣고 있노라면
난 점점 땅속 깊이 가라앉고
영혼도 소리가 되어
육신을 빠져 나간다.

이 가을 버려진 것들은
모두 피리가 되어 울고
풀밭에서 혼자 울던 피리는
배암이 되어
어디론가 기어간다.

마른 풀밭 하나도 정처 없이
따라가고 있다.

귀뚜리 우는 밤 1

귀뚜리가 운다.
어둠 속에 엎드려 우는 소리에 물려 있던 뼈마디가
풀어집니다. 시간과 공간도 무너져 내리고
모든 것들은 울음의 강물에 떠내려갑니다.
내 곁에 잠든 아이도 책도 관음죽도.

울음이 들려오자 오랫동안 매어있던 것들이 풀어지고
박혀 있던 것들이 뽑혀집니다.
자리를 더듬어 불을 켜면 이 방엔 남아있는 게 아무
것도 없고 거울에는 떠내려가다 남은 내가 더듬어
불을 켜고 있을 뿐입니다.

불은 내 손가락에 옮아 붙고 벽에 걸려 있는 청동제
십자가상이 드러납니다.
귀뚜리 울음 소리에 박혀 있던 못이 빠진 것일까.
그리스도는 새만한 그림자를 벽 위에 드리우시고
내 앞에 서 계십니다.

그 분이 사라지자 귀뚜리 울음이 그치고 누구일까
문밖에서 못을 내리치고 있습니다. 울음의 강물에
떠내려갔던 아이와 책과 관음죽도 돌아옵니다.

귀뚜리 우는 밤 2

귀뚜리가 울어요
거실에 들여놓은 화분 어디엔가 숨어.
작은 몸에서 어찌 저리 큰 소리가 나올 수 있을까.
세상의 버림받은 슬픔들이 어둠 속에 뭉쳐
귀뚜리가 된 것일까.
그 슬픔이 이 가을 올올이 풀어지고 있는지
자리에 누우면 온통 세상은 귀뚜리 울음뿐입니다.
하늘의 달도 별도 그 울음에 뜨고
달빛도 별빛도 그 울음에 떨고 있습니다.
자그만 톱니가 돌아가듯 사방에서 간단없이
들려오는 울음소리들.
가만히 귀기울이면 소리는 소리에 물려 있네요.
귀뚜리 울음을 듣고 있노라면 어느새 나도 톱니가
되어 함께 돌아가요.
 귀뚜라미 때문 잠잘 수 없어요
딸애가 짜증을 내며 눈을 뜨자 그 애도 작은 톱니가
되어 내게 물립니다.
이 밤 우리가 잠들지 못하고 돌리는 기계의
정체는 무엇일까요.
누가 저 기계를 멈출 수 있을까요.
갑자기 울음이 뚝 끊어지면 울음이 들려오던 곳이

텅 비고 모든 것들이 거기로 빨려 들어갈 것 같아
블랙 홀처럼—
이제는 귀뚜리 울음이 그칠 것을 걱정하며
그 울음을 듣고 있습니다.

으아리꽃

산길을 가다 꽃 향기에 발을 멈춰 살펴보면 으아리 꽃입
니다. 코를 대도 맡아지지 않지만 돌아서면 아련히 가슴에
어려오는 향기. 어느새 꽃들은 내 영혼의 마디 마디에 피어
나나 봅니다.

아직 쓰여지지 않은 시들이 꽃을 보고 노래하고 고통의
숲에 갇혀 있던 새들이 푸른 하늘로 날아갑니다. 이 외로운
산속. 혼자 간신히 지날 수 있는 길가에 청정한 눈빛으로 피
어있는 꽃. 넝쿨은 그레고리안 성가처럼 단선율(單線律)로
뻗어나갑니다.

어느 별의 간절한 기도가 꽃으로 피어난 것일까요.

으아리는 하얀 십자가를 가슴에 달고 머리에도 이고 산을
기어오릅니다. 별의 기도가 이루어지지 않아 해마다 다시 꽃
은 피어 나는 것일까. 밤이면 별을 바라보고 눈물 짓는지 가
냘픈 꽃잎마다 이슬 방울이 맺혀 있습니다.

초월리(草月里)의 들국화

들국화가 피었습니다. 꽃잎에는 이슬방울이 맺혀 있어 조금만 건드려도 도르르 굴러 떨어집니다. 손끝을 적시며 꽃을 꺾어 선욱이에게 건네주자 그 애는 꽃을 들여다봅니다. 이슬처럼 맑은 눈을 통해 꽃은 그 애 마음 속에 다시 피어납니다. 그 꽃이 선욱이를 이끄는지 그 애는 위태롭게 뛰어갑니다.

꽃무리 앞에 멈추더니 아빠 내가 이 꽃 떼어줄까? 묻습니다. 아아 꽃을 꺾어 준다는 대신, 떡을 떼어주듯 꽃잎을 떼어 준다는 선욱이의 서툰 표현. 아빠는 그 애가 떼어준 꽃 한송이, 초월리에 피어난 평화 한 송이를 소중히 들고 그 애 뒤를 따라갑니다. 달려가는 곳마다 들국화가 나오고 그래서 우리들의 아침 산책길은 길어졌습니다. 그 애의 무릎은 이슬에다 젖고 뺨에도 턱에도 이슬 방울이 튀어 아침 햇살에 반짝입니다.

이름없는 도공의 손에 의해 그려지던 풀꽃. 희다 못해 푸르스름한 기운이 감돌던 청화백자 위의 들국화. 내 마음 위에 찍혀진 그 문양을 떠올리며 몇 번이나 꽃 이름을 선욱이에게 가르쳐 주었지만 그 애는 따라 부르지 못합니다. 들국화. 어쩌면 그 꽃은 영원히 따라 부르지 못할 이름인지도 모르겠습니다. 들국화라고 말하는 순간 우리들의 혀끝에서 져버리고마는.

해바라기 밭으로

해바라기 밭으로 가고 싶어. 해의 시간들이 익어 뚝뚝 떨어지는 해바라기 밭에 가면 내 절망과 고독도 해바라기와 같이 익고 있을 것 같아. 황량한 들판에 서서 홀로 서 있는 것들을 위로하고 있는 해바라기. 해의 아이들을 잉태하고 있는 해바라기. 잃어버린 시간을 찾아 헤매던 바람 한 줄기가 익지 않은 해의 씨를 따자 그 속에선 마르뗑빌르의 종소리가 들려와. 바람은 해바라기의 허리를 안으며 울고 어둠 속에 숨어 어둠을 갈아 까맣게 해바라기를 그리던 화가가 해바라기를 꺾어 자기 목에 끼워 보고 있어. 아아 해바라기가 보고 싶어 해바라기 밭에 가도 이젠 해바라기가 보이질 않아. 우리들의 시선에 밀려 꽃은 까마득한 허공에서 해와 이웃하며 피어 있는 것일까? 금빛 햇살을 뿜어대는 저 해의 잎이 해의 줄기가 서 있는 곳에서 두 팔을 벌리면 내 살과 피는 타버릴 것 같아. 순금의 눈을 들어 해바라기가 하늘 높이에서 지평선을 바라보자 도시가 타오르기 시작해. 아득한 허공에서 해바라기가 사자처럼 포효를 하자 천둥과 번개가 치기 시작해. 아직 해의 시간이 여물기 전 해의 아이들이 태어나기 전 사람들이 지은 죄의 무게 때문 해바라기의 머리는 숙여지고 광야에 서있던 아씨시의 성자도 누가 달려오면 머리를 내어주기 위해 해바라기와 같이 고개를 숙이고 있어.

가을은 한 마리 커다란 새일까요

조금씩 풀이 마르고
풀잎에 매달려 잠자던 바람이 눈을 뜹니다.
차가운 이슬 방울을 깨뜨려 세수한 다음
풀과 이별합니다.
어디론가 가기 위해 불어가는 바람
머물 곳 없어 세상을 떠돌던 바람 한 줄기가
내 가슴을 불어갑니다.
바람은 지난 봄날 장미와의 아픈 사랑을
기억하며 눈물을 떨어뜨립니다.
눈물을 깨고 나온 방울벌레들이 내 뼈 속에
숨어 웁니다.
조금씩 풀은 마르고 많은 영혼을 받기 위해
가을 하늘은 깊어지고 있는가 ?
눈빛으로 나누어지는 가을의 언어.
들국화 한 송이 피어나자
시인은 마른 풀로 하늘의 푸름을 찍어 시를
씁니다.
가을은 한 마리 커다란 새일까요.
우리 모두를 태우고 훨훨 날아가는.
시를 쓰다 눈 감으면 현기증이 납니다.
들국화도 무서워 등뒤에서 내 목을 꼬옥
안고 있습니다.

오늘 한 가족이 그리로 떠났습니다

오늘 한 가족이 그리로 떠났습니다.
아무런 마음의 준비도 없이.
하느님 그들은 그 곳 지리를 잘 모르오니 안내해주세요.
낯선 곳을 찾은 그들을 위로해 주시고 편히 쉴 곳도
마련해 주세요.
아직 땅을 디뎌보지도 못하고 하늘로 간 어린 영혼도
있사오니 특히 그 애를 보살펴 주세요.
우리가 지상에 남아 미움과 슬픔에 괴로워하고 있을 때
하늘 높이에서 빛나게 해 주세요.

그들이 벗어 놓은 육신의 옷을 지키며 술을 마시는
저희를 위해서도 기도해 주세요.
그 곳은 여기서 얼마나 멀리 떨어진 곳인가요?
저 먼 하늘 한구석이 밝아지는 것을 보니 오늘 떠난
일가족이 거기 자리를 마련하고 있나 봅니다.

영안실 뒤쪽에선 풀벌레들이 깨어 울고 나는 새로
태어난 별 셋이 지상을 내려다보며 다시 별 하나가
떠오르길 기다리고 있는 것을 발견합니다.
언젠가 우리 모두가 돌아가야 할 곳.
저 하늘 어딘가에 내 누울 자리도 하나 보아둡니다

보리자루

주일이므로 그것을 안 뒤부턴 꼬박꼬박 성당엘 갔다.

아는 이 하나 없는 그곳에선 꾸어다논 보릿자루였지만 오직 주님을 뵙기 위한 일념(一念)이었다. 얼마를 그렇게 앉아 있노라면 미사도 끝나고 사람들은 뿔뿔이 흩어졌다.

나는 아직 성가의 한 소절이 귓가에 맴돌아 일어서지 못하다 죄송스런 마음을 그 곳에 앉혀놓고 살며시 나오면 세상은 온통 눈부시다.

잠시 후 푸른 하늘로 둥둥 성당은 떠올랐다.

스테인드글라스에 그려진 천사도 훨훨 날아갔다.

성당이 서 있던 자리엔 때 이르게 코스모스 꽃들이 피어나고 등이 굽은 노인 한 분이 나타나 사람들이 벗어놓고 간 때 묻은 옷가지들을 걷어간다. 죄에 까맣게 오그라진 영혼도 주워 망태기에 담고, 울다가 잠든 영혼도 깨어 손잡고 어디론가 데려간다. 그가 사라지자 성당은 다시 하늘에서 내려왔다.

다시 주일(主日)이 와 성당을 찾았을 때 코스모스 꽃들은 모두 천사의 손에 쥐어져 있었다. 보릿자루 속의 보리는 여전히 빈 쭉정이였지만.

라면을 먹으며

또 집을 지으려는 것일까.

봄이면 할미꽃 피고 진달래 만발하던 야산 하나가 포크레인에 파헤쳐지고 덤프 트럭에 실려가더니 흔적도 없어졌다. 참 인간은 대단하군.

어제는 그 산에 숨어 살던 족제비일까 네 발 달린 짐승이 뚝뚝 끊어진 길을 이어 내 몸 속으로 숨어 들었나보다. 내가 꾸는 푸른 꿈을 보아두었다 잠입한 것일까. 꿈길을 뚫으며 그가 애써 도망 오고 있었는지 밤새 가슴이 아팠다. 머리도 우지끈 쑤시었다.

눈을 뜨니 어지럽고 내 몸에선 비릿한 동물 냄새가 났다. 그가 딛고 간 발자욱이 내 이마에 찍히고 방바닥엔 들국화 꽃잎이 어지럽게 흩어져 있었다. 필사적으로 덤프 트럭의 헤드라이트에 쫓기면서도 그는 들국화를 물고 왔나보다.

그가 무사하길 빌며 나는 일어나 라면을 끓였다. 멍하니 창문 너머 벌겋게 파헤쳐진 땅을 바라보며. 그런데 족제비는 어떻게 키우지? 그가 좋아하는 것을 내가 꿈꿀 수 있을까 걱정하며 저 땅과 같이 붉게 파헤쳐진 내 가슴 속으로 길고 긴 라면발을 넘겼는데 그것도 뚝뚝 끊어지는 모양이었다.

구절리(九切里)의 하늘

九切里의 하늘은 별들로 빼곡했습니다.
하늘을 쳐다보니 사방은 산들이 옹기 주둥이처럼
삥 둘러져 있고
누가 그 항아리 속에 보석을 쏟아 부은 듯했습니다.
루비, 사파이어, 다이아몬드, 자수정.
보석이란 보석은 다 그 하늘에 모여 달그락대며
빛나고 있었지요.

자리가 좁아 별들은 서로 몸을 비벼대며 어둠 속에
끼어 앉아 있었습니다.
어느 별들은 서로 삿대질을 하며 자리 다툼을 하고
어둠의 초코렛 뜯어 먹고 서로 달콤한 사랑에
빠져들며 서로의 몸 속을 파고 드는 별들,
그 속엔 九切里를 찾은 心象 詩人會 시인처럼
술에 취해 어둠 속을 기어가며 새로운 별자리를
만들고 있는 별들도 있었습니다.

누가 옹기를 이고 가는지 별들이 출렁거렸지요.
물이 넘치지 말라고 옹기 속에 띄워놓은 달도
그대 발걸음 옮길 때마다 넘실거렸어요.
아아 九切里에 와서 다시 만나는 내 사랑.

난 하늘에 그대 발자국이 찍히기를 기다리다
그 자리에 애기 별들이 다시 태어나길 기다리다
그 옹기 속에 내 머리를 슬그머니 들이밀어
보았지요.

그러다가 벌에 쐬었습니다.
정지용이 노래한 그 참벌들이 아직도 九切里 하늘엔
살아있어 붕붕대며 날아와 내 대구리를 마빡을
콧대기를 사정없이 쏘아대는 것이었지요.

퉁퉁 부은 얼굴로 구절리 하늘의 별들을 밤새도록
바라보았습니다.
별 보러 가다 넘어져 옆구리를 바위에 찧었는데
그 아픔 속에서도 별 하나가 태어나려는 것 같아
아주 조심스러운 밤이었습니다.

구절리(九切里)의 단풍(丹楓)나무

푸드득 새 한 마리 날아간다.
커다란 새가 숲을 빠져나가자
가슴이 텅 비는 것 같았다.

그 새는 오랫동안
내 가슴 속에 숨어 있었나보다.

새가 앉았던 자리엔
단풍나무 한 그루 빨갛게 타고 있다.

가까이 다가가 보니
누가 내리친 것일까? 어깨 한쪽이
절단돼 피가 뚝뚝 떨어진다.

경사면을 흘러내려
주변의 나무들도 붉게 물들이고
있다.

건너편 숲을 바라봐도 푸드득
새가 날아가고 鮮紅빛 단풍나무 한
그루 자리를 잡는다.

어두워져서야 비탈 길을 내려올 수
있었다. 계곡 물을 떠 마시려니
무릎이 툭 꺾이고 깃털이 우수수
떨어진다.

단풍나무는 다시 아홉 토막으로
끊어지고 산도 아홉 겹으로
접히었다.

모과 나무 아래서

나뭇잎 사이 수줍게 피어난 모과 꽃을 바라보며 당신이 말했었지요. 우리 헤어지게 되더라도 모과가 익어가는 가을이 오면 다시 여기서 만나자고. 그 말을 믿었기에 당신이 떠났을 때 전 그렇게 슬퍼하지 않았어요. 저 멀리 하늘이 파랗게 열리며 가을이 한 마리 새가 되어 날아오길 기다리고 있었을 뿐이지요. 고요한 기다림에 제 마음의 하늘도 한없이 높아 갔어요. 가끔 푸른 하늘엔 그리움이 꽃처럼 피었다 지곤 했었는데 멀리서 당신도 바라보셨는지요?

다시 당신을 만날 수 있는 설레임에 져버리는 여름 꽃마저 아쉬웠어요. 그 오랜 시간을 안으로 삭이며 전 세상에 버림 받은 자, 사라져가는 것들을 노래했지요. 이제 그 구원의 노래가 한 권의 시집이 되어 어젠 당신께 드리려 책으로 묶었어요. 얼마나 많은 날 모과 나무 밑을 서성였나요. 제 발자국 소리에 모과가 익었을 거예요. 하지만 이젠 당신을 기다리지 않기로 했지요. 그건 당신이 오지 않아서가 아니라 이미 내 기다림 속에 그리고 저 잘 익은 모과 속에 당신이 향기로 살아있기 때문입니다. 어제는 앙상한 가지에 매달려 있는 모과를 따 왔지요. 바구니에 담아놓으니 온 집에 향기가 가득하군요. 몇 개는 얇게 켜 술을 담그려 해요. 겨우내 찬 바람이 불어가는 창 밖을 내다보며 마실 거예요.

참 오랫동안 당신을 기다렸어요. 모과 나무 아래서 기도 드리면 나무도 절 따라 기도하고, 앉아 있으려면 나무도 제 곁에 나란히 앉았지요. 고개를 돌려 야위어가는 제 얼굴을 바라보며 하염없이 눈물을 흘리기도 했어요. 아아 어쩜 당신이 그 나무 속에 들어가 절 바라보고 계셨던 것 아닌가요? 어느날 모과 나무 곁에 서 있다 드리워진 그림자를 보고 깜짝 놀랐지요. 제가 한 그루 모과나무가 되어 서 있는 것이었어요. 이제 해마다 가을이 오면 내 그리움이 모과가 되어 주렁주렁 열릴 테니 마음껏 따 가세요.

달이 밝은 날이면 풀섶에선 철써기, 찡찡이가 울어대고 그 울음소리에 세상은 떠올라 슬픔과 아픔이 없는 나라로 흘러갈 거에요. 키 작은 모과나무 한 그루가 앞장을 서 은하수 건너는 모습을 당신은 보게 될 거예요.

4부 · 겨울

누구일까 밤 하늘을 걸어간다.
그의 발길에 채인 별들이 파랗게
질리며 떨어지고 있다

해오라기

하얗게 바래인 모래밭 사이를 눈물이 흘러가요.
작은 슬픔이 슬픔을 만나 내를 이루자 어디선가
해오리 한 마리가 날아와 물 속에 발을 잠급니다.
냇물이 흘러가자 모래톱이 파랗게 물드네요.
해오라기 한 마리도 파랗게 물들어 갑니다.
발이 시려 외다리로 서 있던 새가 날아가자
서녘 하늘엔 새가 남긴 울음만 붉게 타고 있어요.

하얀 날개를 단 의자

새가 앉아 있다.
언제나 비어 있는 그 의자에
적막이 빚어 놓은 것일까.

흐르는 물을 굽어보면 물 속에도
새가 보인다.

강을 사이에 두고 새는 새를
바라보며 말이 없다.

다시 찾아 든 침묵에 새가
지워지자 물 속의 새도 파랗게
풀리며 흘러간다.

적막 속을 고요히 의자 하나가
떠오른다.
하얀 날개를 달고.

어느 따뜻한 겨울 오후

햇살이 블라인드 사이를 기어 들어와요. 아주 자그만 발이 살며시 블라인드를 열더니 눈 부시도록 밝은 털을 지닌 고양이가 나타납니다. 호동그런 눈으로 날 쳐다보다 그늘 속으로 숨어버립니다. 야옹 야옹 잡아도 잡혀지지 않는 고양이 한 마리. 잠시 후 다시 나타나 앞 다리를 쭈욱 뻗고 책상 위에 엎드립니다. 이제는 목덜미를 만져 달라는 듯 등어리를 쓰다듬어 달라는 듯. 고양이는 기지개를 펴고 일어나 내가 읽고 있는 책 위를 걸어가요. 연필 끝에 매달린 지우개를 물어보기도 해요. 방금 써 놓은 글씨에서 잉크 냄새가 나자 작은 혀로 핥아도 봅니다. 일하지 말고 함께 놀자고 고양이가 자꾸 내 손을 잡아 끕니다. 그 고양이를 따라 밖에 나가면 양지 바른 곳엔 햇살이 소복이 쌓여 있을 것 같아요. 두 손으로 떠다 그대에게 드릴까요. 그대가 입으로 그 금빛 가루를 호 불면 노란 꽃들로 피어날 것 같아요. 노란 나비가 되어 나풀 나풀 날아갈 것 같아요.

블라인드 사이를 스며든 햇살

밖엔 찬 바람이 부는데 화사한 햇살이 블라인드 사이로 스며들어요. 눈부시도록 하얀 해의 손을 가만히 쥐어봅니다. 햇살은 움찔 놀라며 내 손을 빠져나가려는 듯 힘을 주다 가만히 있습니다. 따뜻한 해의 손을 들여다보니 손가락들이 투명한 물고기 같아요. 피 대신 해의 빛이 돌아 발그레한 빛이 감돌고 물고기들은 다시 한 번 내 손을 빠져나가려 꼬리를 움직여보고 있네요.

어느 먼 곳에서 꽃을 피우다 왔는지 해의 손가락에는 노란 꽃가루들이 묻어 있어요. 누가 주었는지 새끼 손가락에는 실반지도 끼어 있고요. 손 끝에 매달린 손톱들은 작은 등 같아요. 꼬마 별들이 하나씩 갇혀 빛나고 있는가봐요. 어느 손톱은 하도 투명해서 천사들의 얼굴이 비치고 있지요.

창 밖으로 천천히 구름이 지나가자 햇살은 당황하며 날 바라봅니다. 손을 푸니 해의 손목이 파랗게 멍들어 있네요. 내가 가슴 아파하자 햇살은 웃음 지으며, 손을 흔들며 바삐 유리창을 빠져 하늘로 돌아갑니다. 햇살이 머물러 있던 곳. 가만히 손을 얹어 보면 아직도 따뜻하고 금빛 화살촉 하나가 만져집니다. 조심스레 살촉을 집으려 하자 갑자기 퉁겨지며 날아갑니다. 나도 모르게 쏜 화살촉은 지금 누구의 가슴에 박혀 있을까요 ?

시인은 죽고

시인은 죽고
세상엔 눈이 내린다.
새로 태어난 주검이 굳어지라고 죽어서 걷는 길이 더욱
단단해지라고 하얀 회가 무덤에 뿌려진다.
그렇게 세상의 눈 두어 줌 훔쳐 갖고 너는 떠났는가.
열려졌던 무덤이 닫히자 눈은 더 내린다.
영정 속의 너는 아직도 지순한 눈을 뜨고 하염없이 날리는
눈을 바라보고 있는데 우리는 그 눈과 마주치지 않으려
애써 한쪽 구석에서 타고 있는 네 옷가지며 송판대기를
바라보고 있다.

죽음이 태어난 곳에서 시작된 발자욱.
저마다 크기의 발자국들이 돌아가는 우리 뒤를 따라온다.
낮술 두어 잔에 비틀대는 우리 뒤를 함께 비틀대며.
넘어지면 등뒤에서 우리가 일어나길 우두커니 기다린다.
여기서 어디까지 더 길은 이어지는 것일까?
무덤은 입을 크게 벌려 어둠과 눈과 하찮은 그의 육신을
삼킨 뒤 검은 물고기가 되어 깊은 땅속을 헤엄쳐 어디론가
가고 있는데 우리는 죽어서도 묻힐 곳 없어
한동안 세상을 떠돌다가 눈이 되어 때로는 먼지, 재가 되어
어느 열려진 무덤을 발견하면 또 뛰어들 건가
아니면 활활 타는 화톳불에 몸을 던질 것인가?

누군가 골목을 지나간다

누구일까 골목을 지나간다.
바람도 끊긴 세모의 길을. 찌그러진 캔을 툭툭 차면서
그가 사라진 뒤 오래인 지금도 그가 지나가고 있는지
캔 구르는 소리가 들려온다.
가만히 그 소릴 듣고 있노라면 나도 누군가의 발길에
정신없이 채이고 있다.
비어 있는 것들은 언제나 버려지고 찌그러지고 쉽게
발길에 차이나보다.
속이 비어있을 때 또는 정신의 황폐함을 느낄 때 나는
물을 마신다. 비어있음을 물로 채운다.
내 가슴 속에 피어 있던 꽃 한 송이가 골방으로 끌려가
무참히 짓밟혀지고 있을 때도
나는 문 밖에서 물을 마셨다.
알지 못할 곳으로 끌려갔다 다시 돌아온 것들이
귀를 곧추세우고 불안에 떠는 밤.
누구일까 다시 골목을 지나간다.
찌그러진 캔을 툭툭 차면서.
그 소리가 사라진 뒤 창 밖을 내다보니 누구일까 밤
하늘을 걸어간다. 그의 발길에 툭툭 채인 별들이
파랗게 질리며 떨어지고 있다.

별망성(別望城)에서

별망성에서 바라보면 모든 것들이 사라진다.
손 한번 흔들어 보지 못하고 사물들은 이별한다.
어떤 거대한 힘에 이끌려 사라지거나 참담히 무너져 내린다.
출렁대던 바닷물도 간 곳 없고 검은 갯벌만 드러나 있다.
그 위를 기어 다니던 게들도 껍질만 남긴 채 사라진다.
푸르던 하늘은 어디로 숨은 것일까.
이제는 그 자리를 깜깜한 어둠이 채우고 있다.
빛나던 별들도 차갑게 식고 사랑도 빠져나가 빈 가슴만
조개 껍질처럼 밤바람에 뒹굴다 갯벌에 묻히는구나.
그대도 가고 긴 머리카락만 아카시아 나무에 걸려 흐느끼다
한 줄기 바람이 되어 별망성을 떠나는가.
사라지고 남은 것들이 끝자리에 서 마른 풀처럼 서걱인다.
내 몸 속에 숨어 살던 갈비 몇 대, 척추 두어 마디도 슬그
머니 육신을 이별했는지 이제는 서 있을 힘조차 없다.
더는 떠나갈 배도 없고 손 흔들어 줄 대상도 없어
빈 바다를 바라보고 있노라면 깜깜한 하늘이 수직으로
떨어져 내려와 남아있던 성벽마저 부수어버리는구나.

해가 지는 곳으로

주말이면 사람들은 정동진으로 간다.
해가 뜨는 곳으로
동해에서 떠오르는 태양을 맞기 위해

하지만 내 가야할 곳은
해지는 곳

젊음이 무리 지어 야간 열차를 타는 동안
나는 홀로 고잔 뜰을 지나 서쪽으로 간다.

들꽃과 풀벌레들이 파묻혀
이제는 고요한 뜰

그들이 내 가슴에서 눈 뜨려는 것을 잠재우며
걸어가면 조금씩 대지가 기우는 것일까?
어떤 힘에 이끌리어 난 땅속으로 내려간다.

흙 내음이 맡아지고 여기저기 죽은 뼈들이
손을 뻗어 내 바지 자락을 잡아당긴다.
땅속을 헤매다 간신히 지상에 오르면
멀리 오이도 쪽으로 해는 떨어지고

그 언저리가 붉게 물드는구나.

곤충이 벗어놓은 허물 같은 육신.
작은 바람결에도 날릴 것 같아 마른 풀을 잡으며
난 서쪽으로 자꾸 걸어간다.

그 옛날 소금 밭을 지나가고 있는지
아련한 추억들이 떠오르다 소금에 절여진다

이젠 폐허가 돼 버린 소금창고
아무 것도 기억하고 싶지 않아 눈 감으면

컴컴한 소금 집 속에 웅크리고 있던 유령들이
퀭한 눈을 뜨고 날 따라 나선다.

아아 지금도 땅 밑으론 협궤 열차가 달리고 있는지
멀리 서 있던 소루쟁이들이 몸을 떨더니
우르르르 땅이 흔들려 온다.
그 열차를 타고 가버렸는지 내 손을 잡고 걷던
유령도 사라지었다.

이제는 버려진 섬 오이도
달아나려다 허리가 반쯤 끊어진 채 엎드려
울고 있는 섬.

슬픔은 저 혼자 깊어지고
섬의 푸른 머리가 한없이 바다 밑으로 가라앉는다.

주막에선 멀리 붉게 타는 하늘을 바라보며
사람들이 술을 마신다.

가슴이 붉게 물든 사람들이 흐르는 눈물을
억누르다 저녁 이슬을 맞으며 쓰러진다

가도 가도 닿지 못하는 곳이 해지는 곳일까
여기 와서 모든 것들은 다시 한번 버려지고

해만 지구를 한 바퀴 돌아
내일이면 정동진에서 다시 떠오르리.

내 마음의 탱자나무 울타리

그 후론 울을 치고 살았지요.
무슨 나무인지도 모르고 내 마음의 둘레에
심었습니다.
그게 가시나무라는 걸 안 것은 한참 뒤였지요.
내 마음 속에 자라난 가시들이 모두
가지로 옮겨갔나 봅니다.
이젠 너무 늦어 그 나무들을 뽑아버릴 수
없지요. 가시가 나무 가지보다 굵어졌기에.

절 버리고 떠나신 당신이 돌아올까봐
겁이 났던 것일까요 ?
그래도 해가 떠오르면 창가에 서 밖을 내다
보았습니다. 내 기다림이 가시나무 사이
자리잡으며 울은 더욱 총총해졌지요.
바람도 새어 들어올 수 없는 요새가 되었지만
전 점점 더 외로워졌습니다.
오지 않는 당신을 기다리며
오실까봐 두려움에 떨다 문을 닫으면
언제나 내 마음 속엔 고요히 눈이 내렸어요.
그 눈이 쌓이고 쌓여서 정말 당신이 오고
싶어도 오실 수 없었을 거예요.

어느 날 창문을 열고 밖을 내다보다 깜짝
놀랐지요. 밤새 하얀 눈이 내렸는데 울에서
저 언덕까지 아주 작은 핏방울이 점점이
떨어져 매화처럼 피어있었던 것입니다.
당신이 새가 되어 밤새 창턱에 앉아있다
내 마음의 가시에 찔려 피 흘리며 날아간
것일까요. 어느 나무 가지에 앉아 울고 계실
것 같아 가슴이 아팠습니다.

눈이 내리면 오신다고 했나요

눈이 내리면 오신다고 했나요 ?

이제 산엔 甘菊이 피기 시작하니 가을도 끝이네요. 그 가을을 밀어내기 위해 산을 내려오다 甘菊 한 다발 꺾어왔습니다. 맑은 물을 병에 채우고 꽃을 꽂아놓으니 향기가 안개처럼 피어 오르는군요. 내 그리움이 산으로 가 꽃으로 피어났고 다시 그 그리움 꺾어 왔나봐요. 물속에 잠겨있는 꽃대를 바라보니 허리가 허전해집니다. 그렇게 잘려 나갔었지요. 어느날 갑자기 우리 사랑도. 저 꽃과 같이 허공에 몸을 묻고 봄을 보냈어요. 아픔으로 여름을, 그리고 절망으로 가을을 보내고 있습니다.

당신이 보고 싶어 견딜 수 없으면 산을 찾았지요. 마음을 산에 두고 돌아오면 그 그리움은 산에서 들꽃으로 피어났어요. 어느 땐 슬픔을 감당할 수 없어 짐승처럼 산을 헤맸지요. 온몸이 가시에 찔려 산을 내려오면 멀리 오이도 쪽으로 해는 넘어가고 지는 해에 저도 실려 캄캄한 바다 밑으로 가라앉았어요.

그때 그렇게 떠나셔야 했나요? 전 아무런 마음의 준비도 못한 상태에서 이별의 칼을 맞았지요. 내 목이 잘려나가며 땅 위를 굴러가는 아픔을 맛보았어요. 절 버리고 당신은 뒤

한번 돌아보지 않고 가셨어요. 눈이 내릴 때 오신다고 했었나요? 하지만 그건 제가 잘못 들은 말일 거에요. 저는 알지요. 눈 내려도 당신이 오시지 않으리라는 것을. 하지만 멀리 개 짖는 소리가 들려오면 창밖을 내다볼 거예요. 내 몸이 차갑게 식어도, 눈물이 뺨 위에 얼어붙어도. 절망이 하얗게 부서져 눈 되어 내릴 때까지 당신을 기다리고 싶었어요. 그 기다림이 수리산 자락에서 자그만 언덕으로 솟아오르면 그 밑에 그리움 묻고 눈을 감을 거에요

눈사람 속에서 기쁨의 눈물을 흘리다

누가 올 것 같아 집안을 깨끗이 치워놓고 문을 열어 놓았습니다. 지나가던 바람결에 문이 조금만 덜컹거려도 내 마음은 밖을 기웃대게 되었지요. 그렇게 하루가 가는 줄 알았더니 오후 늦게 눈발이 날리기 시작했습니다. 제 기다림이 눈이 되어 날리는 건가요? 아니면 제가 키워 놓은 꽃나무 한그루가 가지마다 꽃 무게를 이기지 못해 하늘에서 무너지는 것일까요?

이 작은 언덕에 탱자나무로 울을 치고 산 지도 몇 년이 흘렀군요. 새들이 깃드는 시각이면 울타리 한 자락이 내 가슴으로 들어왔다 새벽이면 돌아 나갔지요. 미처 빠져 나가지 못한 가시들은 가슴에 걸렸습니다. 밤새 잠들지 못하고 울던 새 몇 마리도 갇힐 때가 있었지요. 탱자가 익어가면 소반에 받아 창가에 두었습니다. 아무짝에도 못 쓰는 탱자이지만 그 짙푸른 빛과 향기가 아까워서요.

울을 돌아 흐르던 냇물도 말라버려 요즘은 동구밖에 나가 물을 길어옵니다. 받아와선 언제나 물 한 그릇을 떠 장독대 위에 올려놓았지요. 그냥 저 혼자 물을 마시기가 아까운 듯하여. 때로는 산새들이 내려와 마시고도 갑니다. 겨울이 되면 탱자나무 잎이 다 떨어지고 기다랗게 자라난 가시들만 흉측하게 드러나 바람도 피해가는 모양입니다.

적막이 눈이 되어 내리자 어디선가 까치가 날아와 깍깍 우는 게 누가 멀리에서 오고 있는 건가요? 갑자기 가슴이 두근대는군요. 돌덩이처럼 딱딱하게 굳어있던 가슴이. 내 이곳에 집을 짓고 살고 있는 줄 당신이 아실 리 없으련만 눈을 털며 당신이 나타나실 것만 같아 밖을 내다보고 있습니다. 눈보라에 앞이 가려 길을 잃으실까 저어되는군요.

바람이 거세지고 눈발이 사나워지면 내 가슴 속에 갇혀 있던 새들도 가시에 제 가슴을 찌르며 우나봐요. 견딜 수 없어 사정없이 덜컹거리는 문을 걸어 놓으니 마음이 고요해지는군요. 이제 세상엔 눈도 그치고 평화로워져 문을 열고 밖을 내다보니 누군가 문 앞에 눈사람을 빚어 놓았습니다. 사람 사는 이 없는 한적한 이 언덕 누가 찾아 와 눈사람을 세워 놓고 간 것일까요?

어쩌면 당신이 멀리 눈길을 걸어와 문을 흔들었는데 난 바람결에 흔들리는 것으로 안 것인지나 아닌지요? 언제나 말이 없는 당신이 또 말없이 문이 열리기를 기다리다 눈사람이 되었는지도 모르겠네요. 시원한 눈매에 낯설지 않은 모습입니다. 키도 당신만하고 아아 어깨도 당신 같아 손을 얹으려니 눈사람 속에선 하얀 손이 나와 저를 끌어당깁니다. 그렇게 눈사람 속에서 기쁨의 눈물을 흘리다 저는 눈사람과 함께 녹아버렸습니다.

하반신으로 당신을 향해

금빛 시간을 쪼개 당신이 짜준, 당신의 애틋한 마음이 함께 짜여진 조끼를 입고 다녀 이제 조끼는 내 몸의 일부분이 되었습니다. 성글성글 짜여져 있지만 아주 따뜻하고 봄이 되면 봄기운이 제일 먼저 스미는 서정적인 조끼였습니다.

그 조끼가 어느 날 바삐 돌아다니던 중 세상에 삐죽 솟아난 가시에 걸렸습니다. 옆구리부터 고가 풀어지더니 내 몸을 빙글빙글 돌고 그대가 내 가슴에 달아준 꽃, 시들지 않던 꽃도 오색실로 풀어져버리고 이제는 그 끝이 닿아있던 내 몸도 풀어지기 시작합니다.

허리가 허전해지더니 팔과 어깨가 사라져버리고 머리가 뚝 떨어져 데굴데굴 구르자 쥐똥나무 사이로 다리 하나가 쑥 빠져 나오더니 툭 차버리고 사라집니다. 내 머리는 실타래같이 굴러가며 검은 실을 뽑아내고 있습니다. 못다 쓴 시도 함께 풀어져 길가에 뒹굴다가 사람들의 발에 짓밟힙니다.

당신을 부를 수도 없는 내가 하반신으로 당신께 걸어갑니다. 마지막 실오라기 하나로 생명이 남아있을 때까지 풀리며 풀리며 기어갑니다.

돌 계단 끝에 고요히 떠 있는 바다

산 꼭대기에 절이 있어 그곳을 오르지만 절보단 멀리 바다를 보기 위함이라면 절은 싫어하겠지요. 그런 사람들이 싫어 절이 숲 속에 숨어 있는데 찾아오면서까지 그런 마음을 품다니… 소나무가 서 있는 구비진 길을 소나무처럼 기어올라 가면 정말 바다가 있습니다. 한없는 돌계단 끝에 고요히 바다가 떠 있지요.

산을 오르는 사람들이 물을 거슬러 올라가는 연어떼 같네요. 후미진 곳에 다소곳이 숨어 있는 정수사는 한 마리 새. 그 뒤 산자락도 계곡을 중심으로 브이자로 펼쳐진 선이 아름다웠는데 또한 가만히 내려앉아 있는 큰 새 같았어요. 다시 날아갈 순간을 기다리며 멀리 섬 남쪽의 동막 갯벌을 내려다보고 있는.

산 위의 정수사는 고요히 물 속에 가라앉아 있었어요. 문득 바라보니 대웅전에 모셔진 석가여래도 커다란 물고기네요. 물고기의 눈을 가늘게 뜨더니 연어떼도 우릴 내려다보고 계셨어요. 누군가 분합문 꽃 창살에 반해 사진을 연신 찍고 있을 때 처마끝은 다시 물 속으로 돌아가고 싶은 듯 꼬리를 힘차게 흔들어대었지요.

적막이 소나무가 되어 자란 것일까

봉곡사 오르는 길은 적막해요. 적막이란 얼마나 밀도가 높은 것임을 깨닫게 되지요. 텅 비어 있는 게 아니라 금강석 같이 안이 꽉 차 있는 게 적막이에요. 너무 고요해 귀가 먹먹해지지요.

일찍 해가 떨어져 어스름한 숲. 노인 한 분이 아주 느리게 삭정이를 줍고 있네요. 가끔 마른 뼈 부러지는 소리가 나면 산새들은 울음을 뿌리며 흩어져요.

그곳의 적막이 소나무가 되어 자란 것일까. 굽이굽이 흰 소나무가 그렇게 굽어진 산길을 올라가고 있습니다. 어느 땐가 그 길도 서 있던 소나무, 적막이었던 것이 아닐까? 길을 따라 걷고 있노라니 소나무 위를 수직으로 올라가고 있는 것같이 느껴집니다. 한 치의 틈도 없는 적막 속을 머리로 밀며 가고 있는 것같이 느껴집니다.

노인을 따라온 개일까? 흥흥 코로 냄새를 맡으며 따라오던 개가 사라지고 길 혼자 봉곡사를 오르고 있어요. 어느덧 소나무들은 발을 멈춰 길가에 서 있고. 나도 소나무에 기대서 있으려니 절이 스르르 나타나네요. 봉곡사도 산의 적막이 이루어논 절일까? 서성거려도 절에선 그림자 하나 비치지 않고 문들은 꼭꼭 닫혀있네요.

일제때 만공스님이 서산 부근 천장사에서 경허스님 밑에서 8년간 공부를 했으나 깨달음을 얻지 못해 바랑 하나 달랑 짊어지고 찾아온 절. 그곳에서 견성을 하여 덩실덩실 춤을 추었다는 봉곡사. 그러나 봉곡사는 말이 없네요. 말하기엔 너무나 수줍은 절이에요. 단청하나 칠해지지 않은 목질의 사찰은 다소곳이 고개를 숙이고 산그늘 밑으로 잦아들고 있지요.

산을 돌아 내려가다 무엇엔가 이끌리어 뒤를 돌아보니 절이 천천히 허공으로 떠오르고 있는지 하늘에선 풍경소리가 들려오네요.

내게 있어 시란 무엇일까

내게 있어 시란 무엇일까 ?

이런 질문을 던져보는 것이 처음인 것 같다.

아주 오래 전부터 시를 써 왔지만 시에 대해 진지하게 생각해 본일이 없는 것 같다. 시인이라면 피가 끓는 문학 청년 시절이 있으련만 나는 그런 치열한 정신을 가져본 일이 없다.

시를 체계적으로 공부해 본 적도 없고 그리고 시를 싸 들고 가르침을 받고자 누구를 찾아 간 일도 없다. 내가 다니던 중·고등학교엔 황금찬, 박희진 이렇게 시인이 두 분이나 계셨는데도 난 멀리서 그 시인들을 바라보며 존경의 마음을 가졌을 뿐이다. 내가 시를 쓴다는 사실을 드러내는 것이 부끄러운 일이었다.

하지만 시가 좋아 많은 시들을 읽었고 그리고 혼자 기쁨으로 시를 썼다. 대학에서는 화학을 전공하며 잠시 시를 쓰는 문과 학생들과 어울려 팜플렛 비슷한 동인지를 만들기도 했다.

졸업 후엔 아남산업이라는 반도체 조립 공장에 취직해 일이 재미있어 몰두를 했다. 어느 하루 누군가 내가 시를 쓴다는 얘기를 듣고 찾아와 추천을 받았느냐 물어 아니라 했더니 날 무시했고 자존심이 상한 난 그날로 많은 시를 그 해 창간된 심상사에 보냈다. 잡지가 고급스러우며 멋지고 그리고 무엇보다 "바하를 들으며 안경알을 닦는다"는 김성춘 형의 시가 마음에 들어서였다. 그러나 두 번째 추천 그룹에 난 끼지를 못했다. 그래서 시를 한 무더기 더 보냈더니 그 해 12월 크리스마스를 며칠 앞두고 심상에서 연락이 왔다.

"화가 장욱진"이라는 시가 75년 신년호에 실렸고 난 난생 처음으로 시인으로서 날 자각해 "55kg 이하의 체중을"이라는 다소 건방진 당선 소감을 실은 것이다.

하지만 그것을 마지막으로 또 난 시인으로서의 나를 잊어 갔다. 일년에 한번 심상지 외에는 원고청탁 오는 일도 없고 난 또 데뷔 이전의 나로 돌아갔다. 하지만 시를 쓰는 것은 내게 있어 호흡하는 것과 같기에 난 항상 편안하고 자연스러운 마음으로 시를 썼다.

가끔 가슴 아픈 일, 힘든 일이 있을 때 시와 음악은 날 위로해 주었다. 시를 씀으로 난 세상을 보다 아름답고 따뜻하게 볼 수 있었던 것 같다. 데뷔 후 15년쯤 되던 해 그동안 써놓은 시가 많아 정리해 한 권 책을 만들고 싶은 마음에 원고를 청하의 장석주 님께 보냈더니 생면 부지의 그분은 흔쾌히 받아들여 줘 "달이 지는 곳으로"란 첫시집을 내게 되었다.

그 시집은 이미지에 의해 구축된 비교적 짧은 시들로 아루어진 것이다. 말미에 비평을 써주신 하재봉 시인이 내 실험적인 산문시들이 빠져 있는 것을 아쉬워 했는데 아직도 그 시들은 내 노트 속에서 25년간 잠을 자고 있다. 어느 때 비슷한 시들을 묶어 시집을 낼 생각을 하고 있기에.

그 다음 해엔 솜사탕 같은 시들을 또 하나 추려 예쁜 시집을 내고 싶은 마음에 책방에 들러 시집들을 구경하다 소담이란 출판사의 책이 예뻐 거기 전화를 걸고 원고를 보냈더니 받아들여져 두 번째 시집이 나오게 되었다. "남쪽 하늘 물고기 자리"란 제목을 붙이고 싶었는데 출판사에서 "지상에서 이루어질 수 없는 사랑 하나가 별로 태어나고 있습니다"라고 고쳤다. 그 시집은 달콤한 연애 시집이고 아주 긴 제목을 갖고 있어 많이 읽혀지길 바랬는데 그러지 못한 것 같아 소담사에 미안했다.

그 후 세월이 또 얼마나 흘렀던가. 10년이 되어 다시 시집을 내려고 원고를 꾸려 두 권을 편집한 뒤 옛날과 같이 출판사 몇 군데에 전화를 걸고 원고를 보내 보았다. 그러나 옛날과 달리 모두 거절되었다. 이제는 젊었을 때의 자존심도 사라지고 모든 것들이 긍정적으로 받아들여지는 나이여서 찬찬히 내 시를 다시 살펴보니 역시 설익은 냄새가 나고 그 출판사의 판단이 맞다는 생각이 들어 시집 내려던 생각을 접어 두었었다.

그러던 중 지난번 심상 가을 모임으로 정선에 갔을 때 이명수 형이 시집 내는 이야기를 꺼내 거기 나도 붙여달라고 해서 세 번째 시집이 모아드림에서 나오게 된 것이다. 좀 더 다듬고 다시 써야 할 시들을 이렇게 쉽게 책으로 엮는 것 아닌가 해 좀 망설여지지만 책을 낸다니 가슴이 설레인다. 이명수 형과 모아드림에 정말 감사를 드린다. 버림 받은 자식들같이 밉게 보이던 그 시들을 애정을 갖고 읽어보니 시를 썼을 때 내 마음이 되살아나고 다시 이쁘게 보이는 것은 그것들이 내 분신이기 때문이겠지. 하지만 이런 마음은 내가 아니라 독자들이 가져야 좋은 시일 텐데….

이번 시집은 봄, 여름, 가을, 겨울로 계절의 감각이 깃들여 있는 시들로 꾸며 보았다. 계절의 변화는 생명의 작은 한 사이클이고 그런 맥락에서 읽혀졌으면 좋겠다.

세상의 삶이 非詩的인 것이겠지만 내가 몸담고 있는 세상은 더욱 그렇다. 전자 부품을 만드는 大德電子라는 회사의 연구소장으로 일상에 갇혀 살며 나는 자그만 詩의 창을 통해 푸른 하늘을 내다본다. 해가 지면 서쪽 하늘이 노을에 붉게 물드는 것을 바라보며 감동받고, 얼마 뒤 다시 달이 떠오르고 별들이 달 주변을 돌며 뛰노는 모습을 바라보며 나는 시를 쓴다. 내가 더욱 좁게 갇힐수록 오래 갇힐수록 밖의 풍경은 아름다워지고 모든 것들은 그리움의 날개를 달고 내 영혼 속으로 날아오는 것이다. 이런 비시적인 요소들이 내 영혼을 맑게 하는 것이라고 생각한다. 직장 일로 늘 시간에 쫓기며 살고 있다. 사람들과 어울리는 것을 좋아하지 않기에 일이 없는 휴일이면 오전에 성당에 가 미사를 드리고 오후엔 안산 부근 산을 찾아 자연 속에 나를 묻으며 사람의 냄새를 털어내는 것이 나의 일상이다. 수리산, 광덕산, 모락산, 백운산, 청계산을 혼자 거닐며 새들의 노래를 듣고 숲 속에 피어나는 꽃들을 들여다보는 게 내 생애 가장 행복한 순간들이다. 산을 오르내리며 많은 글들을 써 놓았고 언젠가 정리해 책을 묶어 그 산들에게 헌정할 예정이다.

이 세상에 시와 음악과 산이 없었으면 난 질식해 죽었을지도 모른다. 시란 내게 있어 산소와 같은 것이다. 시는 내 삶의 일부이다.

시집을 내려니 문득 돌아가신 아버님이 생각난다. 난 정을 밖으로 표현할 줄 모른다. 때문에 아버님과 눈빛을 주고받으며 대화 한번 나눠 본 일 없다 부자는 함께할 시간이 있으면 그렇게 두 토막 목석처럼 구도를 취했다. 하지만 아버님은 날 끔찍이 사랑해 주셨고 나 또한 아버님을 좋아했다. 내가 시 쓰는 것을 아버님은 알고 계시기에 현대시학 같은 시 잡지를 늘 사다 주셨다. 군대 갔을 때도, 멀리 월남으로 파병되었을 때도 매달 아버님은 몇 권의 책을 보내주셨다. 그게 습관이 되어 내가 취직을 해 돈을 벌 때도 아버님은 책을 사다 주셨다. 심상사에서 추천되었다고 연락이 왔는데도 난 쑥스러워 집에 이야기를 안했다. 하지만 내 시가 실린 책이 보고 싶어 난 매일 퇴근길에 동네에 있는 책방을 기웃댔다. 어느 날 책방에 들렀는데 거기 아버님이 책을 펼쳐 들고서 계신 것이었다. 한눈에 내 사진이 실려 있는 심상이었다.

아버님은 날 못 보았고 난 그냥 서점을 나와 집에 돌아왔다. 아버님은 여느 때와 같이 말없이 심상 1월호를 내게 건네주셨다.

난 회사에 가 자랑을 했고 며칠 뒤 직장 동료들이 우리집으로 몰려왔을 때 우리 어머니는 영문을 몰라하셨다. 어머니에겐 아들인 내가 중요한 것이지 시인이란 관심 밖이라 우리는 우르르 밖으로 몰려 나갔다. 첫시집이 나왔을 때도 서울 집에 안 갖다 드렸더니 아버님이 우연히 종로서적에서 내 시집을 발견하고 사오셨는지 종로라 찍힌 책이 책꽂이에 꽂혀 있었다.

두 번째 시집은 연애 시집이라 창피해 집에 안 갖다 놓았고 아마 아버님이 모르셨을 것이다. 이제 세 번째 시집이 나오면 책을 들고 경기도 광주 공원묘지 아버님께 들고 가야겠다. 우리 부자의 그 말 없는 대화와 사랑이 아직도 이어지고 있기에. 그렇게 수줍은 나의 삶도 아직 이어지고 있기에.

장미, 여름 내내 각혈하다

글쓴이 / 이진호
펴낸이 / 孫貞順
펴낸곳 / 모아드림

1판1쇄 / 2001년 1월 8일
1판2쇄 / 2001년 2월 20일
서울 서대문구 북아현3동 180-22
전화 / 365-8111~2
팩시밀리 / 365-8110
E-mail / morebook@netsgo.com
http://www.morebook.co.kr
등록번호 / 제2-2264호(1996.10.24)

ⓒ 이진호
ISBN 89-87220-78-8